피우리 미용실

피우리 미용실

박정경 장편소설

Piuri Hair

폭스코너

세상의 모든 우리들에게

Cafe Woolf

차례

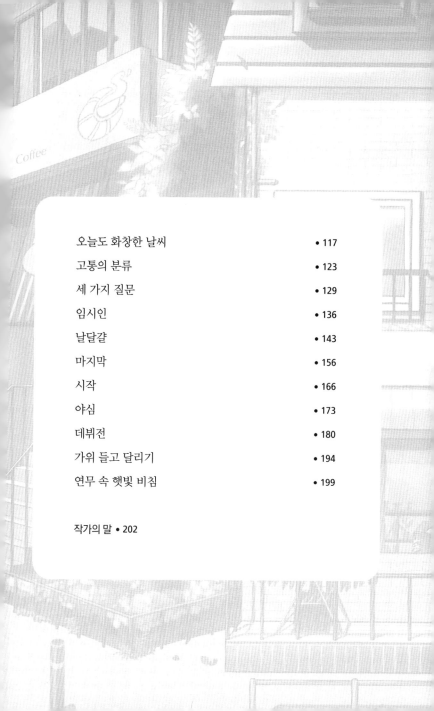

헤어스타일

내 이름은 피우리. 피우리 미용실에서 일한다. 나는 스타일에 목숨 거는 스타일이다. 스타일은 사람이고 사람에겐 스타일이 중요하니까. 앗, 두 글자를 빼먹었네. 다시 시작하겠다.

내 이름은 피우리. 피우리 미용실에서 일한다. 물론 내 미용실은 아니다. 이름이 같은 건 순전히 우연일 뿐. 나는 보조 미용사다. 다가오는 생일에 서른이 되지만, 아직 정식 미용사는 되지 못했다.

나는 사람들을 머리로 이해한다. 어딜 가도 내 눈에는 사람들의 머리만 보인다. 그렇다. 나는 가슴보다는 머리 쪽이다. 살면서 맹세코 머리 말고 가슴이 먼저였던 적은 없다. 그러므로 나는 헤어스타일에 목숨 거는 스타일이다. 헤어스타일은 사람이고 사람에겐 헤어스타일이 중요하니까.

헤어스타일의 변신은 인간이 추구할 수 있는 변신 가운데 가장 매력적인 것 중 하나가 아닐까 싶다. 헤어스타일의 변신이란 정말이지 카프카의 소설 〈변신〉만큼이나 흥미롭다. 사람은 헤어스타일을 어떻게 바꾸느냐에 따라 외모가 십 년은 젊어 보이기도 하고, 나이 들어 보이기도 한다. 헤어스타일의 변신은 자신이 미처 몰랐던 숨은 미모를 재발견해주는 역할도 한다. 그러니 자신의 외모가 변신하는 과정을 지켜보고 싶다면, 지금 당장 미용실로 달려가 헤어스타일부터 바꿔보기를 미용사로서 추천해드린다.

피우리 미용실은 파주의 J신도시, 아담한 숲이 있는 공원과 주택을 낀 자그마한 상가들이 늘어서 있는 상가 건물의 한 모퉁이에 위치해 있다. 그러니까 우리 동네에 있다는 말씀.

첫 직장을 그만두고 연애도 끝낸 뒤 단골 카페에서 온종일 홀로 죽치던 시절, 그러니까 첫 직장에서 잘리고 사귀던 애인에게 차인 후 아침이면 눈뜨기가 무섭게 단골 카페로 달려가 백수의 고통과 실연의 아픔을 주인장 언니에게 하소연하며 달래던 시절, 피우리 미용실이 우리 동네에 들어섰다.

전에 동네 맛집이었던 그곳은 코로나19로 인한 불황이 지속되자 문을 닫고 나서 한동안 비어 있었는데, 어느 날부터인가 조용히 인테리어 공사가 시작되었다. 왕년에는 미스코리아를 뺨쳤을 법한 늘씬한 중년의 여인이 자주 드나드는 모습을 오다가다 목격하면서 그 자리에 옷가게가 들어서는 줄만 알았다. 사장으로 보이는 그녀의 의상이 심상치 않았으니까.

그런데 공사 마지막 날, 미용실 간판이 걸리는 걸 보며 가슴이 뛰기 시작했다. 미용실 이름이 바로 '피우리 미용실'이었던 것이다. 그리고 다음 날, 내 가슴을 더욱 뛰게 만든 사건이 일어났다. 출입문에 구인 광고가 붙어 있었기 때문이다.

보조 미용사 구함
문의 : 피우리 미용실

순간 나는 영화에서 흔히 보았던 장면을 그대로 따라 해보았다. 누가 볼세라 사방을 한 번 둘러보곤 슬그머니 광고지를 떼어 잽싸게 주머니에 쑤셔 넣은 것이다. 그러고는 시치미를 뚝 떼고 나서 사라지는 게 순서였으나, 그 장면은 생략했다. 대신 심호흡을 한 번 크게 한 뒤 옷매무새를 가다듬고는 미용실 안으로 냉큼 들어섰다. 내게 이 일은 당장 뛰어들어야 할 만큼 간절했으니까.

미용실에 들어섰을 때 미스코리아 뺨치는 미모는 핸드폰을 들고 누군가와 통화 중이었다. 마치 상대가 바로 옆에 있는 것처럼 제스처에 생동감이 있었는데, 날 보자마자 전화를 툭 끊었다. 역동적인 제스처에 비해 그다지 중요한 전화는 아니었나 보다.

"보조 미용사 지원하려고?"

내가 묻기도 전에 원장에게서 이런 질문이 날아왔다. 그녀는 옷가게 사장이 아니라 미용실 원장이었던 것이다.

"어떻게 아셨어요?"

"방금 광고지 뗐잖아. 다른 사람 못 보게."

'적은 내부에 있다'는 말은 이럴 때 쓰라고 있는 건가. 쓸데없이 바깥을 살필 필요가 없었다. '들키지 말자'가 평소 내 좌우명인데, 일 초 만에 들켜버리다니 허무했다.

"전에 이 일 해본 적 있어?"

나는 도둑질을 하자마자 그 자리에서 잡힌 현행범처럼 주눅 든 표정으로 고개를 주억거렸다. 원장의 목소리가 너무 은밀해서였다. 원장의 반말에 대해선 신경 쓸 겨를조차 없었는데, 곧바로 다음 질문이 날아왔기 때문이다.

"왜 그만뒀는데?"

"실연당해서요."

"뭐? 호호호. 사내 연애라도 한 거야?"

"그럴 리가요."

나는 이렇게 답하고 나서 그간 내 헤어스타일의 변천사는 내 연애의 과정과 같았다는 사실을 원장에게 고백했다.

연애 초기에 내 머리는 꽃봉오리처럼 귀엽고, 절정기엔 활짝 핀 꽃처럼 아름다우나, 실연의 시기엔 낡아빠진 수세미로 변한다는 것을. 이것은 빗질을 안 해 부스스하고 무신경한 머리로 변한다는 뜻이다. 그리고 상태가 아주 심할 땐 가래떡이 되기도 한다는 것을. 이는 감지도 않아 갈래갈래 뭉쳐버린, 그야말로 떡 진 상태를 말한다. 어떤 가수는 애인과 헤어질 때마다 음반 한 장이 나온다지만 나는 헤어스타일이 바뀐다는 고백까지 덧붙였다.

원장은 통화할 때처럼 가지각색의 반응을 보여가며 내 이야기를 들어주었다. 원장의 시선이 내 머리에 와 꽂히자 나는 다시 고개를 주억거렸다. 당시 내 머리는 낡은 수세미였기 때문이다. 제정신이냐, 피우리? 이 머리로 무슨 미용실에 취직을 하겠다고. 여기 들어오기 전에 옷매무새 대신 머리부터 가다듬었어야지!

원장이 가엾다는 표정으로 쯧 하며 내 이름을 묻는 순간, 나는 씩씩하게 피우리라고 대답했다. 그리고 그 자리에서 곧바로 채용되었다.

사각사각

"우리 머리 귀엽네? 토끼 같아."

원장이 출근하면서 미용실 바닥을 쓸고 있는 내게 말했다. 난 속으로 답했다. 암요, 연애 초기라 앞머리를 일자로 짧게 잘라봤어요. 그런데 이 봉오리 언제 피우리?(이 앞머리 언제 기르리?)

알고 보니 원장은 실제로 미스코리아 출신이었다. 미스 강원 출신에다 미혼이고 성도 강씨라 미스 강 원장으로 불린다고.

피우리 미용실은 원장, 실장, 나, 이렇게 셋이서 일한다. 예약제로 운영되지만, 예약 없이 무작정 오는 손님도 받는다. 단, 예외적인 경우에 한해서이고 그건 원장 마음에 달렸다.

원장은 말이 짧은 편이고, 실장은 말이 없는 편이다. 중년

이상의 손님은 주로 원장을, 젊은 층과 학생들은 대부분 실장을 찾는다. 원장을 찾는 손님은 뿌염(뿌리염색)이나 새치 커버를, 실장을 찾는 손님은 커트나 파마, 열펌을 하러 온다. 실장은 성이 방씨라 원장이 방실이라 부르는데—말이 짧다니까!—평소에 잘 웃질 않아서 그 호칭이 별로 어울리진 않는다. 분위기가 극과 극인데도, 두 사람은 묘하게 잘 어울린다. 나는 이 둘을 오가며 보조 역할을 하고 있다.

보조 미용사는 미용사가 손님의 머리카락을 자르면 바닥에 떨어진 머리칼을 빗자루로 쓸거나, 손님이 파마를 할 때 헤어 롤을 들고 옆에 서 있거나, 염색약을 만들거나, 손님에게 커피를 타다 주거나, 여성지를 쿠션에 받쳐서 갖다 주거나, 커트를 마친 손님의 머리를 감겨주는 일을 한다. 파마를 마친 손님의 머리도 마찬가지고.

아, 또 있다. 커트를 마친 손님의 이마와 목덜미, 콧등에 내려앉은 머리칼을 스펀지로 톡톡 털어내는 일도 한다. 이 일은 섬세한 기술이 필요한데 반드시 톡톡 털어내야 손님의 불평이 없다. 자칫 힘 조절을 잘못 해서 탁탁 털어냈다간 손님이 오해할 수도 있기 때문이다. 그 부위가 뺨일 때는 자칫 뺨 맞은 기분이 되니까.

당연한 수순이지만 머리를 감긴 뒤엔 말려주는 일을 하는데, 이때 드라이어의 바람 온도가 중요하다. 너무 뜨거워도안 되고 찬바람은 머리를 말리는 데 한참 시간을 잡아먹는다. 또 뜨거운 바람은 탈모와 손상모를 초래하는 데다 화상을 입을 수도 있으니까.

　이 고된 일을 하는 동안에도 어김없이 내가 가장 좋아하는순간이 찾아온다. 바로 가위를 든 미용사가 손님의 머리카락을 자르는 걸 가만히 구경하며 서 있을 때다. 구경하면서 머리칼을 자르는 소리를 듣는 때다. 머리칼이 잘려나갈 때의사각사각 소리를 나는 말할 수 없이 좋아한다.

　누가 내게 좋아하는 소리를 세 가지만 대라면 주저 없이사각사각, 소복소복, 쓱싹쓱싹을 꼽겠다. 나는 이 소리들이너무 좋다. 눈을 감고 가만히 귀를 기울여야만 들리는 소리이기 때문이다. 귀를 기울여야 들리는 소리는 마음의 소리이고, 마음이야말로 살아가면서 내가 지키고자 하는 소중한 항목이므로.

　이 일을 하면서 좋아하는 순간을 부록으로 하나 더 꼽자면(정말이지 나는 부록을 좋아한다. 부록이 있으면 왠지 원 플러스 원 같은 느낌이 든다) 손님의 머리를 감겨주고 나서 손님에게 "수고하셨습니다"란 말을 할 때다.

내가 손님으로 미용실을 드나들던 시절, 내 머리를 처음 감겨주었던 보조 미용사를 잊지 못한다. 머리를 감겨주는 동안에도 황홀했는데 다 감긴 뒤 그녀가 내 머리를 수건으로 감싸주면서 "수고하셨습니다"라는 말을 할 땐 솔직히 전율이 일었다. 수고는 자기가 해놓고 상대에게 수고했다고 말하다니, 너무 겸손하지 뭐야. 그 말에 황송해진 나도 덩달아 그녀에게 "수고하셨습니다"라고 말했고, 우리 사이에는 훈훈한 기운이 돌았으며 인과관계의 자연스러운 법칙에 따라 따스한 미소를 주고받았다.

그때 나는 그녀에게 조금 반했던 것 같다. 그리고 미용실을 나서면서 결심했다. 나도 이다음에 미용사가 되면 손님의 머리를 감겨주고 나서 그녀처럼 말해줘야지. "수고하셨습니다"라고. 손님에게 "수고하셨습니다"란 말을 해주기 위해서라도 꼭 미용사가 돼야지, 라고.

오전에 할아버지 한 분이 예약 없이 미용실에 들어와서 커트를 해달라고 했다. 원장이 예약하고 오셨냐고 하니까 할아버지가 화를 내며 말했다.

"내가 내 돈 주고 머리 자르러 미용실에 오는데, 예약까지 하고 와야 돼? 여기가 호텔이야? 레스토랑이야?"

"미용실이잖아요. 어르신이 방금 그렇게 말씀하셨으면서."

원장에게 있어 말이 짧은 상대는 남녀노소 동등하게 적용된다. 할아버지라고 해서 예외는 없다. 마침 그 시간에 예약 손님에게 취소 전화가 걸려와서 원장은 할아버지에게 예외를 적용할 수 있었다.

커트, 샴푸, 두피 마사지, 드라이, 이 모든 과정을 무사히 마치고 나서 할아버지가 흡족한 표정으로 카운터로 갔다. 그리고 지갑을 꺼내며 물었다.

"얼마요?"

원장이 손사래를 쳤다.

"어르신은 서비스. 그런데 예약 없이 미용실에 오는 손님은 약속 없이 남의 집 초인종을 누르는 것과 같아요. 다음엔 예약하고 오실 거지?"

할아버지는 "흠!" 하는 헛기침으로 거부 의사를 표시하고는(내 귀엔 "흥!"으로 들려서 그렇게 느껴졌다) 카운터 위에 때깔나는 배춧잎 빛깔의 지폐 몇 장을 올려놓았다.

"그럼 까까 사 먹든지. 수고들 해. 난 오늘 영정사진 찍으러 가네."

원장은 문 앞까지 나가서 할아버지를 배웅했다.

"흐음…… 내 눈엔 셋 다 아가씨로 보이는구먼."

나가기 전 할아버지는 알쏭달쏭한 말을 내뱉었다. 꼭 우리 중에 누구 한 사람을 찾으러 온 것처럼 말이다.

"어르신, 보는 눈 있으시네. 우리 셋 다 아가씨 맞지, 그럼. 결혼도 안 했는데."

원장은 짧은 말로 화답했고, 할아버지의 말씀대로 점심엔 성대한 과자 파티가 벌어졌음을 밝혀둔다.

오후가 되자 학원 수업을 빼먹고 나온 여고생이 커트를 하러 왔다. 불만 가득한 통통 부은 얼굴로 미용실에 들어설 때부터 알아봤다. 여기도 예약 없이 들이닥친 손님이라는 것을. 그러나 다행히 이 시간에도 예약 손님이 없어서 오전처럼 자동 예외가 적용되리란 것을.

"왔어? 딸?"

원장은 여전히 말이 짧다. 여기서 손님에게 딸이라고 하는 건 식당 가서 직원에게 이모님이라고 부르는 것과 같은 이치

다. 결혼도 안 한 미스 강 원장에게 딸이 있을 리가.

실장이 여고생의 머리카락을 자른다. 여전히 말이 없다. 오로지 커트에만 집중할 뿐.

사각사각. 미용실 바닥에 손님의 머리칼이 쌓인다. 소복소복. 커트를 하고 내게 샴푸와 두피 마사지를 받은 여고생이 한결 시원해진 표정으로 나간다. 부디 학원 대신 미용실 온 보람이 있기를.

나는 다음 예약 손님이 도착하기 전에 빗자루로 머리카락을 쓸기 시작한다. 쓱싹쓱싹. 콧노래가 흘러나온다. 그런데 사각사각하는 이 소리, 정말 근사하지 않나?

복수는 우리의 것

인간에겐 누구나 복수심이 있다. 나라고 해서 예외는 아니다. 그러므로 복수는 우리의 것이다. 나, 피우리의 것.

하지만 나는 내 직업과 연관된 복수 이외에는 생각해본 적이 없을뿐더러 실행에 옮긴 적도 없다. 나는 어디까지나 머리엔 머리로, 헤어스타일엔 헤어스타일로 복수한다. 그럼에도 나의 복수심은 오래가지 않는다. 그리 길지 않은 복수의 시간을 거쳐 결국은 머리사랑으로 끝나는 게 내 복수의 정석이다.

나의 복수는 주로 미용실에 와서 억지를 부리는 손님을 대상으로 이루어지며, 상상에서 시작해서 상상으로 끝난다. 그러므로 아무도 피해를 보는 사람은 없다.

엊그제는 퇴근 무렵에 파마한 지 하루 만에 머리가 다 풀

려버렸다며 다시 파마해달라는 손님이 들이닥쳤다.

그 손님은 파마한 당일엔 머리를 감지 말라고 당부한 실장의 주의사항을 어겼는데도 실장에게 막 화를 냈다. 파마를 할 땐 약속 시간에 늦었다면서 빨리 끝내달라는 재촉까지 했었다. 그래서 중화 시간도 다 채우지 못한 상태에서 헤어 롤을 풀어버리게 만들었다. 예약 시간에 늦게 와놓곤 빨리 가버렸으니 파마가 빨리 풀릴 수밖에.

그래도 실장은 묵묵히 손님의 요구를 들어주었다. 나는 헤어 롤을 들고 실장 옆에 선 채 하나씩 건네주면서 손님에 대한 복수를 시작했다. 이럴 땐 별다른 방법이 없다. 복수밖에는.

나는 손님의 두상에 가장 어울리지 않는 헤어스타일을 상상해서 가발을 하나하나 씌워나갔다.

마릴린 먼로 헤어스타일.

웃겼다.

모히칸 스타일.

더 웃겼다.

바가지머리.

완전 웃겼다.

만두머리, 깻잎머리…….

웃음을 참느라 배가 아플 지경이었다.

머릿속에서 손님에 대한 상상의 복수를 펼치는 동안 어느새 파마는 끝이 났다. 손님이 당연하다는 듯 계산도 안 하고 나가는 순간, 그동안 참았던 웃음이 터지고야 말았다. 잘 가. 즐거웠어. 복수도 즐거웠고. 웃고 즐기며 복수하는 가운데 당신에게 어울리는 헤어스타일을 찾아냈는데 다음에 오면 기꺼이 추천해줄게. 단, 억지만 부리지 않는다면.

실장이 웃음기 가득한 내 얼굴을 보며 볼멘소리로 물었다.

"우리 씨, 왜 웃어? 내가 손님한테 욕먹는 게 그렇게 재밌어?"

"그게 아니라 제가 상상 속에서 손님 머리를 양 갈래로 땋아줬거든요. 너무 웃겨서 저도 모르게 그만……."

실장은 나를 한 번 흘겨보더니 싫지 않은 표정을 짓고는 등을 돌려 가버렸다.

뭣 같은 기분

또 차였다. 그것도 카톡으로. 아직 앞머리가 자라는 중인데.

사귀던 이에게 카톡으로 차여봤는가? 기분이 아주…… 뭣 같다. 사귀던 이에게 카톡으로 청첩장을 받는 것보단 낫다는 위로는 하지 말길. 그 경험은 이미 해봤으니까.

그가 카톡으로 보내온 이별 사유는 다음과 같다.

난 너랑 둘이었던 적이 없었어. 우린 늘 셋이었으니까.

넌 지난 사랑을 못 잊었어. 인정하길.

이거 인정 못 하면 넌 다음 사랑도 못 할 거야.

난 너의 실험 쥐였지만 다음 사랑에겐 머리 갖고 장난치지 말길 바란다.

마지막으로 이거 하나는 분명히 해둘게.

형식은 내가 차는 거지만 본질은 네가 차는 거야.

알았니?

아니, 뭐 이런,

계속,

뭣 같은 기분.

카페 울프

심란한 마음으로 카페 울프에 갔다. 모자를 눌러쓰고. 그러곤 주인장 언니에게 따지듯 물었다.

"여기 늑대 없나요?"

주인장 언니가 날 위아래로 훑어보더니 혀를 쯧, 찼다. 예전에 미스 강 원장이 날 보며 쯧, 할 때와 느낌이 흡사했다.

"한 달 만에 와서 한다는 말이."

내 말이.

주인장 언니가 답했다. 지치지도 않고.

"그딴 건 없어. 울프는 버지니아 울프의 줄임말이거든."

아, 맞다. 그랬지. 이런 젠장.

카페 울프의 주인장 언니는 시인이다. 아, 이름이 시인이다. 성은 임씨고. 임시인 언니는 '마지모 카페' 주인장이기도 하다. '마지모(마음을 지키려는 여우—여자사람친구—들 모임) 카페'는 인터넷 카페다. 세상 사람들이 자신의 마음을 지킬 수 있다면 그 어떤 고난과 시련이 불어닥쳐도 거뜬히 헤쳐나갈 수 있다는 것이 주인장 언니의 생각인데, 내 생각도 그녀와 비슷하다. 마음이 그렇게 넓은데 그걸 지키려면 얼마나 많은 노력이 들겠는가. 백지장도 맞들면 낫고, 마음을 지키는 데는 공동의 노력이 한결 낫다.

'마지모 카페' 회원들은 매달 마지막 주 금요일에 카페 울프에서 정모를 한다. 회원들은 오프 모임에서 만나 책을 읽고 차를 마시며 그동안 마음을 빼앗긴 사례를 늘어놓는다(지키기는커녕). 그러고는 찢기고 밟히고 농락당한 마음에 관한 갖가지 사례들을 털어놓으면서 마음을 지키려는 의지를 다진다. 늘 그래왔듯 회원들은 실패를 통해 교훈을 얻는다.

퇴근하자마자 달려온 탓에 이마에서 진땀이 흘러 모자를 벗었다. 예나 지금이나 실내에서 모자를 쓰고 있는 건 내 신념에 어긋나는 일이다. 실연 직후엔 모자를 쓰고 다니는 게 내 버릇이긴 해도 말이다.

이번엔 주인장 언니가 물었다.

"다음에 한 번만 더 물으면 백 번째다, 피우리! 정말 몰라서 묻는 거야?"

나는 이따금 중요한 사실을 잊을 때가 있다. 아빠가 죽고 난 뒤 생긴 버릇이다. 일종의 건망증이다. 뭐, 하나라도 망가지는 것이 고인에 대한 예의인 것 같아서. 그래서 어떨 땐 아빠가 죽었다는 사실마저 잊곤 한다.

여기서 잠시 부모님을 소개할까 한다. 평소에 엄마는 아빠를 피 감독이라 불렀고(성이 피씨니까), 아빠는 엄마에게 태 배우라 불렀다(성이 태씨라서). 아빠는 영화감독이 꿈이었고, 엄마는 영화배우가 꿈이었으니까. 부모님은 항상 꿈 때문에 싸웠고 꿈 때문에 늘 불행했다. 그러면서 꿈을 이루지도 못했다.

아빠랑 싸운 날이면 엄마는 내게 자기 성을 따서 "태우리!" 하고 불렀다. 짐작건대 아빠랑 이혼하고 혼자서 날 키우겠다는 의지를 표명한다는 의미에서 그랬으리라.

부모님은 내가 영화 아카데미를 졸업하고 영화인이 되길 바랐다. 그래서 그들의 꿈을 이어가기를. 아니, 부모님의 꿈을 대신 이루기를. 부모님이 내 장래 문제로 의기투합한 건 그때가 처음이자 마지막이었다. 영화배우의 꿈을 포기하고 집에 눌러앉은 엄마도 옆에서 박수를 쳐가며 환영했으니까.

어디 의기투합할 일이 따로 있지.

말을 물가까지 억지로 끌고 간다 해도 물을 마시고 안 마시고는 말의 자유다. 그러니 목도 안 마르고 물 마실 마음도 없는 말은 애당초 아예 물가에 데려가지를 마시라. 서로 시간만 낭비한다. 다리도 아프고.

내가 부모님의 뜻대로 영화 아카데미를 다녔다면 좋았겠지만(부모님이 좋았겠지), 나는 미용 아카데미 출신이다. 영화는 그들의 꿈이지(꿈이었지) 내 꿈이 아니니까. 자신들의 꿈을 자식에게 똑같이 강요하는 건 폭력이니까. 똑같길 바라는 건 구시대적 발상이고.

그러나 나도 한때는 영화광이었다는 사실을 부정하고 싶진 않다. 상업영화, 독립영화, 예술영화, 영화제에서 상영하는 영화에서 다큐멘터리까지 장르를 가리지 않고 부지런히 찾아다니며 챙겨보았더랬다.

하지만 아빠가 죽고 난 뒤로는 점점 영화를 멀리하게 됐다. 어쩐지 아빠가 영화 때문에 죽은 것만 같아서. 영화에 대한 풀지 못한 야심 때문에 죽은 것 같아서 말이다.

이제 나에게 영화는 뭐랄까, 너무나도 시끄러운 장르다. 굳이 귀를 기울이지 않아도 저절로 들리는 커다란 소리들이,

시끄러운 소리로 가득 차 있는 화면들이, 최근 들어 부쩍 나는 부담스럽다.

가뜩이나 내가 아니어도 날마다 새로운 영화가 만들어지는 세상에 또 하나의 시끄러움을 보태긴 싫다. 그저 감상자로 만족하고 싶다.

"야, 쟤네들 아까부터 네 머리 감상하고 있어."

주인장 언니가 테이블 위에 커피를 올려놓으며 낮게 속삭였다.

"아니, 왜? 뭐 때문에!"

주인장 언니가 눈짓으로 화장실을 가리켰다.

"가서 거울 좀 보고 와."

그제야 카페 울프에 앉아 있는 여우들의 시선이 일제히 나를 향해 있다는 걸 깨달았다. 오늘이 '마지모 카페' 정모일이라는 것도. 내가 이 모임의 회원이라는 것도.

여우들이 날 보며 수군거렸다.

"미용사가 왜 머리를 저러고 다닌다니?"

나는 자리에서 벌떡 일어나 화장실로 달려가 거울을 보았다. 동그란 거울 안에 낡은 수세미 머리를 한 여자가 들어 있었다. 얼마 전까지만 해도 귀여운 토끼 같다는 소리를 들은 여자였는데…….

탈색되어 너덜너덜해진 빨간 수세미 머리 여자가 머리를 벅벅 긁었다. 가닥가닥 가래떡 머리가 될 날도 머지않아 보였다.

평소에 나는, 그러니까 비교적 정상인 날에는 빗과 가위를 가방에 넣어가지고 다닌다. 약간 비정상인 날(연애 초기)은 분무기도 갖고 다닌다. 비정상인 날(연애 절정기)엔 헤어드라이어가 추가된다. 완전 비정상인 날(실연기)은 미용 가운이 추가된다.

그리고 미쳐서 완전 제정신이 아닌 날(끝날 기미가 안 보이는 실연 상태의 지속기)은 가방에 빗과 가위, 분무기, 헤어드라이어와 미용 가운, 그리고 그날의 기분에 따라 헤어젤, 헤어스프레이 등등을 넣어가지고 나온다. 그리고 그걸 갖고 나왔다는 사실을 까먹는다.

가방에 빗과 가위, 분무기, 헤어드라이어에 미용 가운이 들어 있는데도 굳이 수세미 머리로 돌아다니고 있는 날, 오늘이 바로 그날이다. 미쳐서 완전 제정신이 아닌 날.

그래도 거울 속 빨간 수세미 머리에게 이 말은 해주어야겠지.

"피우리, 너…… 오늘 완전 비정상이야. 정신 차려."

자리로 돌아오자 주인장 언니가 버지니아 울프의 소설
《자기만의 방》의 한 대목을 낭독하기 시작했다. 흩어져 있던
카페 안의 여우들이 하나둘 주인장 언니 주위로 모여들었다.

"놀라지 마십시오. 얼굴을 붉히지도 마십시오. 이러한 일
들이 때때로 일어난다는 것을 우리끼리만 있는 이 자리에서
인정합시다."

언니가 내 등을 툭 쳤다. 내 차례였다. 눈시울을 붉힐 여유
도 없이 다음 차례를 낭독해야 했다.

"때로 여성은 여성을 좋아합니다."

여우들이 우우, 환호를 지르며 박수를 쳤다. 카페 울프는
오늘도 어김없이 여우들로 득시글댔다.

여성에겐 자기만의 방이 필요하다고 한 건 버지니아 울프
였다. 인간의 불행은 자기만의 방에 혼자 있을 수 없기 때문
에 생긴다고 한 건 파스칼이었고.

누구에게나 자기만의 방은 필요하다. 그러나 자기만의 방
에서 항상 혼자 있을 수만은 없기에 뛰쳐나가 누군가를 만나

함께하는 것이다. 설령 그 일로 인해 불행해질지라도.

오후 한때 소나기

"또 소파에서 잔 거야?"

출근길이었다. 엄마가 거실 소파에서 자고 있었다. 쌔근쌔근 숨소리를 내면서 잘도 자고 있었다. 이럴 땐 꼭 아기 같다. 좀 전에 화장실에 들락거리며 출근 준비를 할 땐 정신이 없어서 미처 못 봤나 보다. 가만, 엄마가 올해 몇 살이지? 정말이지 나는 중요한 사실을 잘도 까먹는다.

나는 소파로 다가가 거실 바닥에 떨어져 있는 티브이 리모컨을 테이블에 올려놓았다. 그러고는 이불을 엄마에게 덮어 주려는데 소파 밑에 나뒹구는 소주병을 발견했다.

"또 소주 마셨어?"

순간 자는 줄 알았던 엄마가 등을 돌린 채로 말했다.

"우리야, 우산 챙겨 갖고 가. 오후에 소나기 온단다."

또 일기예보 타령이군. 절로 눈살이 찌푸려졌다. 아침이나 챙겨주지. 우산 말고.

오늘은 핸드백을 들고 나가는 날이다. 월급날이기 때문이다. 월급날엔 기분을 내기 위해 일부러 핸드백을 들고 나간다. 그래서 이 좁은 공간엔 우산을 넣을 데가 없다. 등을 돌리고 있으니 엄마는 내가 우산을 안 갖고 가도 모를 것이다.

신발장에서 구두를 꺼내 신었다. 핸드백에 맞추려고.

"오늘 저녁은 밖에서 먹자. 내가 쏠게."

현관 앞에 서서 엄마에게 외식을 제안했다.

"나 오늘 아르바이트 있어. 예식장 가야 돼."

코로나19로 인해 한동안 예식장 아르바이트가 없었던 엄마가 간만에 알바 재개 소식을 알렸다.

"평일에 누가 결혼을 한대?"

"일요일보단 낫잖냐."

"오후면 끝나지 않아?"

"천안이야, 예식장이. 밤이나 돼야 집에 도착할걸?"

내가 현관을 나서기도 전에 엄마는 이불을 박차고 벌떡 일어났다. 그러고는 부리나케 화장실로 달려가 샤워기부터 틀었다. 아무래도 천안까지 가려면 서둘러야 할 테니까. 그 전에 미용실에도 들러야 하니 말이다. 중은 제 머리를 못 깎지만 나는 내 머리를 깎을 줄 안다. 드라이도 잘한다. 내 머리뿐 아니라 엄마 머리도 커트해줄 수 있는데 엄마가 극구 사양한다. 엄마의 기대치에 맞는 결과물이 나오기까진 인고의 시간이 필요하단 걸 너무 빨리 깨달아버린 것이다. 물론 내가 아니라 엄마가.

딸의 신분 상승에(인턴 사원에서 정식 사원으로) 무관심한 엄마 덕분에 내 월급은 한동안 가발을 사는 데 바쳐졌다. 나는 월급만 탔다 하면 가발을 사서 자르고 볶고 지지고 다듬었다. 사귀는 이가 없는 기간엔 가발값이 더 들어간다는 걸 말해 무엇하리. 이제 엄마를 따라 주말 알바라도 뛰어야 하는 거 아닐까 싶다. 가발값을 벌려면 말이다.

아빠가 죽고 나서 엄마는 예식장 아르바이트를 시작했다. 예식장에서 하객 역할을 하는 아르바이트인데, 주로 신부의 엄마 역할을 맡을 때가 많았다. 그러니까 가짜 친정엄마 역할을 하는 것이다. 아르바이트하는 회사에서 의상이나 헤어스타일, 메이크업, 대사를 정해주지만 엄마는 현장에서 자연스럽게 애드리브를 치는 걸 더 선호한다. 그리고 그걸로 점수를 더 얻는다. 따라서 아르바이트 회사에서 즐겨 찾는 단골 알바생인 엄마는, 아주 기꺼이 이 역할을 즐긴다. 혹 배우가 되지 못한 한을 이런 식으로 풀고 있는 건 아닌지.

엄마는 아빠를 영화사에서 처음 만났다고 했다. 아빠가 조감독이었을 때 영화사에서 공개 오디션으로 배우를 모집했는데 엄마가 오디션에 지원해서 만났다고. 엄마는 영화배우가 꿈이었으니까 오디션에 지원하는 것을 배우가 되는 지름길로 여겼을 것이다. 그런데 영화사의 조감독이자 로케이션 매니저이자 캐스팅디렉터였던 아빠는(그 당시 웬만한 영화사들은 스태프 한 명이 적어도 1인 3역은 했다고 한다) 엄마를 보자마자 배우로 캐스팅하는 대신 배우자로 캐스팅했다. 감독에게는 보여주지도 않고 말이다. 감독은 아빠의 결혼식에서 엄마를 처음 보게 되었으니 늦게나마 보여주기는 한 셈이지만.

당시 발탁된 신인 여배우는 그 영화를 찍고 나서 만인의 연인에서 국민배우로 폭풍 성장을 했는데, 덕분에 방구석 배우인 엄마의 시샘을 톡톡히 받았다.

아빠는 엄마가 영화배우가 되어 만인의 연인이 되는 걸 원치 않았다. 결혼해서 자신만의 연인이 되길 원했다. 하지만 결혼 이후 아빠는 엄마를 자신만의 연인으로 만들지도 못했다. 영화에만 정신이 팔려 있었으니까.

엄마는 아빠가 주부 생활 이외엔 아무것도 못 하게 한다고 했다.《주부생활》이란 잡지에서 들어온 모델 제안도, 결혼 전 아르바이트를 했던 꽃집도, 결혼 후 아르바이트를 하려 했던 카페도 전부 그만두게 만들었다고. 그래서 그동안 아빠 때문에 아무것도 못 했다고. 배우도, 모델도, 알량한 아르바이트도.

심지어 아빠는 평소에 엄마 마음대로 파마도 못 하게 했다. 파마를 자주 하면 머릿결이 상한다고 했고, 생머리가 어울린다고 했고, 파마값이 쓸데없이 너무 비싸다고도 했다.

그럴 때면 엄마는 아빠에게 머리가 어떻게 된 거 아니냐며 소리를 질렀다.

"내 인생이야! 내 머리라고!"

그러면 아빠는 이렇게 맞받아쳤다.

"내 돈이라고!"

엄마는 아빠가 자기를 거지 같은 방식으로 사랑했다고 말하지만, 엄마 역시 비슷한 방식으로 아빠를 사랑했다고 나는 생각한다. 평소에 나만 없었다면 아빠랑 이혼했을 거란 말을 입에 달고 살았으니까.

엄마는 늘 아빠가 자기 인생을 망쳐놓았다고 원망했다. 영화배우가 되고 싶었는데, 배우도 못 하게 하고 꽃 같은 시절에 꽃집 알바도 못 하게 하고 덜컥 임신부터 시키더니 금세 아줌마로 바꿔놓고 이제는 할머니가 되어간다며 신세 한탄을 했다.

아빠는 엄마가 예식장에서 저런 방법으로 천연덕스럽게 연기를 해낼 줄은 몰랐을 거다. 모르고 죽었을 거다. 죽어도 몰랐을 거다. 아빠가 죽고 난 뒤 엄마는 비로소 배우가 되었다는 사실을.

그런데 나는 앞으로 아이를 가지지 않을 것이고, 따라서 엄마에게 할머니가 될 일은 없을 테니 걱정 말라고 하면 엄마가 좋아할까?

'오후 한때 소나기'라던 일기예보와는 달리 퇴근 시간이 다가오자 비가 더욱 본격적으로 내리기 시작했다. 핸드백을 들고 오지 말걸. 엄마가 우산 챙겨가라고 했을 때 들고나올걸.

퇴근길에 우산을 새로 하나 살까 하다가 머릿속으로 집에 있는 우산 수를 세어보았다. 하나, 둘, 셋…… 일곱 개까지 세고 나서 우산 사는 걸 포기해야겠단 결심을 굳혔다.

비를 맞으면서 카페 울프로 갔다. 우산을 빌리러. 카페 울프에 우산은 한 개도 없었다. 개미 새끼 한 마리도 없었다.

나는 주인장 언니에게 투덜댔다.

"무슨 카페에 우산이 한 개도 없어요? 늑대도 없고."

주인장 언니가 답했다. 지치지도 않고.

"여기가 무슨 우산 가게인 줄 알아? 카페 울프에 늑대는 없어. 버지니아 울프의 줄임말이니까."

아차, 또 깜빡했네. 젠장.

"나가요. 밥 사줄 테니 우산 사줘요."

"안 돼. 못 나가. 가게 지켜야 돼."

월급날 같이 저녁 먹을 사람이 하나도 없다니. 젠장 곱빼기.

"뭐 이런 카페가 다 있냐. 우산도 하나 없고."

"그러니까 지구상에 하나밖에 없는 카페지. 새 직장은 어때?"

"좋긴 한데 실장님이 너무 말이 없어요. 내가 싫어서 그러는 건지, 무관심한 건지 잘 모르겠어요."

이럴 땐 어떻게 하면 좋죠? 하는 표정으로 주인장 언니를 바라보았다. 아니나 다를까, 언니는 내 표정을 정확히 읽어

내곤 묻지 않은 질문에 대한 답을 내놓았다.

"그럴 땐 뒤에서 꽉 안아줘."

"으으."

"아니면 한 대 때리든가."

"아악."

"그래. 악! 소리 지르면 널 싫어하는 거고, 별 반응도 없고 시큰둥하면 무관심한 거야."

"간단하네."

"근데 실행에 옮기는 건 쉽지 않을걸?"

"하란 거야, 말란 거야?"

"알아서 하란 거야."

그래. 결론은 내 몫이란 거다. 나는 알았다는 듯 고개를 끄덕이곤 카페를 나왔다. 편의점을 지나가면서 우산을 살까 잠시 고민했지만 이미 비 맞은 게 억울해서 관두기로 했다. 핸드백으로 머리를 가리며 걷는데, 계속 비가 내 몸을 적셨다. 당연하지. 손바닥만 한 핸드백으로 하늘을 가린다고 비를 안 맞는 건 아니니까. 또다시 비를 맞으며 샤브샤브 식당으로 들어갔다.

식당은 사람들로 만원이었다. 이젠 배달음식도 지겨워졌

는지 다들 나와서 사 먹고 있었다. 겨우 구석 자리를 찾아 비집고 앉아서 샤브샤브 일 인분을 주문했다. 기다리는 동안 할 일이 없어서 핸드폰을 꺼냈다. 평소 같았으면 이런 자투리 시간에 책을 읽었겠지만, 손바닥만 한 핸드백엔 한 권의 책도 들어가지 않았기 때문이다.

핸드폰을 보니 엄마에게 오후부터 시간대별로 문자가 여러 개 와 있었다. 모두 같은 내용이었다.

—우리야, 우산 챙겨갔지?

—우산 챙겨갔니?

—우산 챙겨갔어?

—왜 답이 없어? 우산 챙겨갔냐고??

—우리야, 너 지금 어디니?

나는 비로소 오늘 핸드백을 들고나온 걸 후회했다. 우산

하나도, 책 한 권도 안 들어가는 이따위 손바닥만 한 핸드백을 어디다 써먹겠다는 건지. 책 한 권도 못 넣어오니까 핸드폰만 보고 있는 게 아닌가 말이다.

주위를 둘러보았다. 나뿐만 아니라 다른 사람들도 마찬가지였다. 이어폰을 끼고서 그 조그만 화면으로 뉴스와 스포츠 경기를 보고 있었다. 예능에 먹방 프로는 물론, 드라마에 영화까지.

이어폰을 안 낀 이들도 핸드폰만 들여다보는 건 마찬가지였다. 그들은 인터넷을 검색하거나 누군가와 카톡을 주고받았다. 혼밥족들 모두 약속이나 한 듯 핸드폰과 식사하러 온 것 같았다. 나는 끝내 엄마에게 답장을 보내지 않고 식사를 마친 뒤 조용히 자리에서 일어섰다.

식당을 나와 지하철까지 비를 맞으며 걸었다. 지하도로 내려가는 지하철 입구에서 아줌마가 우산을 팔고 있었다. 아줌마가 내게 우산을 내밀며 오천 원을 외쳤다. 지갑에는 오만 원도 넘게 들어 있었지만, 월급날이라 통장에는 오십만 원도 넘게 들어왔지만, 나는 속으로 '젖은 자는 비를 두려워하지 않는다'를 외치며 오천 원짜리 우산의 유혹을 뿌리쳤다.

지하철에서 내리면 곧장 집인데 그냥 가자. 내려서 비는 좀 맞겠지만. 그러나 곧장 실행으로 옮겨진 내 결심은 참담한 결과를 맞이하고야 말았다. 홀딱 젖은 채 거실로 들어서는 날 보자마자 엄마가 소리를 질러댔으니까.

"으악! 너 꼴이 그게 뭐냐? 완전 물에 빠진 생쥐잖아! 우산 안 가져갔어?"

순간 저절로 내게 뭣 같은 기분을 남기고 떠난 그가 떠오르면서 동시에 실험 쥐가 생각났다. 갑자기 쥐에 대한 트라우마가 생긴 것 같아 고통스러웠다. 아니나 다를까, 나는 눈으로 연신 쥐구멍을 찾고 있었다. 쥐구멍이 보이면 꽉꽉 막아버리고 싶은 심정이었다.

"그렇게 챙겨가라 했는데! 하루 종일 문자나 하게 만들고! 넌 내 말을 귀로 듣는 거니, 코로 듣는 거니?"

당연히 귀로 듣지. 근데 생쥐라서 귓구멍이 좀 작아. 내가 평소에 왜 괜히 귀를 기울이겠어? 잘 안 들려서지.

나는 화장실로 향했다. 엄마가 화장실까지 쫓아오면서 잔소리를 해댔다.

"답장은 왜 안 해? 손가락 부러졌어? 응? 입 있으면 말 좀 해봐, 이것아!"

손가락이 있어도 쓰기 싫을 때가 있다. 입이 있어도 말하기 싫을 때가 있다. 오늘 같은 때. 나는 화장실 문을 쾅 닫았다. 들어오지 말란 뜻이란 걸 엄마가 이해해줬으면 좋겠는데. 그러나 엄마는 화장실 문을 두들기며 막무가내로 화를 내기 시작했다.

"너 자꾸 이럴 거면 당장 알바 때려치워!"

아빠 닮아가나. 알바 아니고 정직원이거든요. 이것 또한 엄마가 나를 사랑하는 거지 같은 방식인가?

아빠가 죽은 뒤 엄마는 단 하루도 거르지 않고 매일같이 일기예보에 매달려왔다. 동화《해님 달님》의 오누이가 하늘에서 내려오는 밧줄을 생명줄로 여겼던 것처럼 엄마는 일기예보에 목숨 걸고 매달렸다.

엄마는 전엔 이러지 않았다. 티브이를 보다 소파에서 잠들지도 않았고, 아침도 꼬박꼬박 챙겨주었다. 내게 터무니없이 화내는 일도 없었고, 소주는 쓰다면서 입에 대지도 않았다. 일기예보에 목숨을 걸지도 않았고.

나는 날이 갈수록 이런 엄마를 견디는 게 힘들다. 어쩐지 엄마가 아빠를 못 잊는 것 같아서. 죽은 아빠에게 화를 내고 있는 것 같아서.

엄마, 아직도 그렇게 화가 나? 아빠랑 그리 사이가 좋은 것도 아니었잖아? 엄마는 아빠가 엄마의 인생을 망쳤다고 원망했잖아. 평생 원망만 했잖아.

　삼 년 전, 만년 조감독이었던 아빠는 평생을 숙원해온 감독 데뷔를 코앞에 두고 있었다. 만인의 연인에서 국민배우로 성장했던 배우가 이제는 어엿한 중견 배우가 되어 아빠의 감독 데뷔작에 출연하기로 약속해둔 상태였다. 삼십 년 전 아빠가 조감독으로 일하던 영화사에서 엄마 대신 오디션에 발탁했던 그 신인배우 말이다. 엄마는 감격에 겨워 그날로 그 배우에 대해 혼자서 평생을 찍어온 질투극에 종지부를 찍었다. 그런데 아빠가 계약서에 도장을 찍으러 가기 전날, 영화사 대표에게 전화가 왔다. 투자사가 갑자기 아빠의 영화에서 발을 뺐다고. 코로나19 여파로 인해 점점 영화 투심(투자심사)이 줄어들 거라고 했다. 앞으론 멀티플렉스 극장보다 안방극장, OTT(온라인 동영상 서비스)를 찾는 추세로 접어들 테니 시나리오를 미리 12부작으로 늘려 드라마용으로 만들어놓으라는 충고도 잊지 않았다. 아빠는 영화 시나리오로 써놓은 대본을 드라마 대본으로 고칠 순 없다고 잘라 말했다. 이제 와서 엿가락처럼 늘일 순 없다고.

　데뷔작으로 평생을 준비해온 영화가 엎어지자 아빠는 말

없이 낚시 도구를 챙겨서 나갔다. 그날의 일기예보를 엄마는 확인하지 않았다. 엄마는 평소에 일기예보를 챙기는 스타일이 아니었으니까. 자신이 좋아하는 드라마는 꼬박꼬박 챙겨 보았어도 말이다.

그리고 그날, 폭우가 내렸다. 아빠는 낚시하러 나간 날도, 그다음 날도 돌아오지 않았다. 아빠의 핸드폰은 꺼져 있었다. 엄마는 그제야 전날에 국민안전처에서 보내온 재난문자를 밤새도록 들여다보았다.

파주시 호우 경보

임진강 하류 수위 1미터 초과, 상승 위험.

현재 파주지역 강한 비가 내리니 야영객, 낚시객들은 대피 바랍니다.

고립 시 119에 신고하세요.

다음 날 새벽 엄마와 나는 경찰서로 달려가 실종신고를 했다. 그리고 열흘 뒤 경찰서에서 연락을 받았다. 아빠 또래의 남자 시신이 강 하류에서 발견되었는데, 와서 확인해보라고. 엄마와 나는 파주 H병원 영안실에서 아빠의 시신을 확인했다. 아빠를 보자 누가 먼저랄 것도 없이 엄마와 나는 일제히 그 자리에 주저앉았다. 엄마는 내게 따지듯 물었다. 낚시를 가면서 일기예보도 확인 안 하고 가는 사람이 어디 있냐고. 이게 말이 되냐고. 엄마는 아빠의 죽음이 마치 내 책임이라도 되는 것처럼 내 양어깨를 쥐고 흔들었다.

나는 엄마가 쥐고 흔드는 내 어깨가 아프길 바랐다. 그건 그간 식음을 전폐한 엄마에게 기운이 남아 있다는 뜻이니까. 그러나 내 어깨는 하나도 아프지 않았다. 하나도 아프지 않다는 그 사실이, 나를 아프게 했다.

아빠가 낚시를 떠난 날, 나가면서 일기예보를 확인했는지는 알 길이 없다. 아빠에게 물어볼 수도 없다. 죽은 자는 말이 없으므로. 영영 확인할 방법이 없는 것이다.

아빠는 그날 일기예보를 몰랐을 리 없다. 일기예보를 확인도 안 하고 낚시를 하러 갔을 리가 없다. 그렇게 꼼꼼했던 사람이. 그토록 준비성이 철저했던 사람이.

버지니아 울프는 주머니에 돌을 잔뜩 넣은 채 집 근처의 우즈강 속으로 천천히 걸어들어갔다. 사랑하는 남편이 있었지만, 그녀의 죽음을 막진 못했다. 그녀는 사랑 대신 죽음을 택했다.

누가 더 힘들었을까? 어느 쪽이 더 힘든 일일까? 미쳐가는 고통을 더 이상 견딜 수 없어 스스로 강 속으로 걸어들어가는 일? 코앞에서 좌절된 꿈과 함께 폭우로 불어난 강물에 휩쓸려 떠내려가는 일? 아니면, 뒤에 남겨져 날마다 일기예보에 매달리며 자신을 괴롭히는 일?

다음 날 출근하자마자 나는 온몸에 한기가 돌고 있음을 확인했다. 동시에 미용실에는 우산이 남아돈다는 사실도 확인했다. 입구의 우산꽂이 안에는 직원들이 놔두고 다니는 우산과 손님들이 두고 간 우산, 주인을 잃어버린 우산들로 가득차 있었다. 심지어 내 우산도 있었다.

어째서 어제는 이 사실을 몰랐을까? 인간이란 왜 이다지도 어리석을까? 왜 혹독한 대가를 치른 뒤에야 비로소 진실을 깨닫는 걸까?

로켓맨

마스크를 단단히 끼고 출근했다. 근무하는 동안 계속 기침이 나왔다. 원장과 실장이 오늘따라 나만 보면 피해 다녔다. 원장이 조퇴를 권했다. 점심시간이 되자 조퇴를 하고 미용실 근처에 있는 병원에 갔다. 의사가 감기란 진단을 내렸다. 감기에 걸린 지 하루도 안 됐는데 의사는 나더러 왜 이제야 왔냐며 안타깝다는 표정을 지었다. 점심시간을 이십 분이나 훌쩍 넘기고 들어온 게 미안해서 일부러 그러는 것 같았다.

우산값보다 비싼 진료비를 치르고 우산값과 비슷한 약값을 지불하고 약국을 나서는데, 핸드폰 액정화면에 낯익은 이름이 떴다. 장미였다. 장미가 떴다. (면목이 없어서) 나와 마지막이라던 장미가. (미안해서라도) 내게 다시는 연락하지 않겠다던 장미가.

그렇다. 장미는 나의 지난 사랑이다. 내게 뭣 같은 기분을 선사하고 떠난 그가 언급했던, 나의 지난 사랑이 바로 장미다. 여기서 잠시 그에 대한 얘기를 하고 넘어가야겠다.

그를 처음 만난 곳은 '이분법적 젠더 개념에 반대하는 사람들 모임'—우리는 줄여서 '이반 모임'이라 불렀다—이란 인터넷카페 모임에서였다. 예전이나 지금이나 나는 '모임'을 좋아하고, 모임에서 사람을 만나고, 어울리고, 부대끼며, 기쁨을 나누고, 슬픔을 함께하는 그 모든 과정을 좋아한다. 뜻이 맞는 사람들끼리 만나 무언가를 함께하는 건 근사한 일이라 생각한다. 함께 해내는 건 더욱 근사한 일이고. 아쉽게도 그에게 차이고 난 뒤로 이 모임에선 탈퇴했지만 말이다(그는 내가 찼다고 하겠지만).

첫 오프 모임에서 자기소개 시간에 그는 자신을 '그'라고 불러달라고 했다. 덧붙여 그가 한 말은 자신의 남사친을 '그녀'라 부른다는 것.

그래서 그날 이후 그의 닉네임은 '그'가 되었다. 그의 젠더는 여성이지만 우리가 만난 곳은 '이반 모임'이었으니까. 그리고 우리는 이반(異般)들이었으니까. 나는 그에게 끌렸다. 그라는 여성에게.

그날 그는 자신의 인생 책을 《빨강머리 앤》이라고 소개했는데, 나는 모임을 마치고 돌아오는 길에—운 좋게도 같은 방향이었다—그에게 내 인생 머리를 찾았다고 고백해버렸다. 바로 빨간 머리라고.

하나 더 고백한 게 있는데 지금 생각해도 얼굴이 달아오른다. 첫 직장인 미용실에 여자 손님이 왔는데, 매직 스트레이트를 해달라고 한 말을 내가 스트레이트(Straight, 남성은 여성에게, 여성은 남성에게 끌리는 것)라는 뜻으로 알아들었다고 했다. '왜 그걸 굳이 나한테 밝히지? 내가 레즈비언인 걸 알아챘나?' 하고 생각하면서 속상해했었다고. 그렇게 눈치가 없으니까 첫 직장에서 잘린 것 같다고.

그는 걷다가 멈춰 서서 소리 내어 웃었고 자연스레 그날은 우리의 1일이 되었다. 나는 그날 집에 가자마자 빨간 머리로 셀프 염색을 했음은 물론이다.

나는 그를 만나는 동안 가방에 빗과 미용가위를 넣어가지고 다니면서 시시때때로 커트를 해주었다. 어떤 날은 헤어드라이어도 갖고 다녔다. 그가 자신이 실험 쥐냐고 투덜댈 때 나는 지난날 내게 머리를 주저 없이 맡겼던 장미를 떠올리곤 했다. 그를 장미와 비교하고 있었던 것이다.

그리고 얼마 전에 깨달았다. 그가 내게 한 말은 하나도 틀린 게 없었다는 사실을. 그러니까 전부 옳았다는 것을.

그렇다. 장미는 나의 지난 사랑이자 첫사랑이다. 그에게 수시로 셋이란 기분을 느끼게 했던.

나를 만날 당시 장미는 장미족이었다. 장기간 미취업상태였던 탓에 날 만나는 동안 내가 모든 데이트 비용을 감당해야 했다. 물론 기꺼이 말이다. 또한 장미는 취준생이었는데, 학원 교재비를 낸다는 둥 교통카드를 충전한다는 둥 하며 걸핏하면 내게 돈을 꿔갔다. 아니, 한 번도 갚은 일이 없으니 타갔다고 하는 게 맞을 것이다.

그런데 나중에 장미가 내게 타간 돈으로 다른 여자를 만나 데이트를 했다는 걸 알게 됐다. 그녀가 나보다 가난한 여자였다면 이렇게 괴롭지도 않았을 것이다. 그녀가 장미를 위해 돈을 제대로 쓸 줄 아는 여자였다면 이렇게 분하지도 않았을 것이다. 장미는 나하곤 천오백 원짜리 테이크아웃 커피를 사 마시면서 그녀하곤 스타벅스를 드나들었다. 그것도 내 돈으로.

장미가 나 몰래 사귄 다른 여자에 대한 언급은 자제하련다. 거기에 쏟을 에너지는 더 이상 남아 있지를 않다.

그럼에도 내가 장미의 연락처를 삭제하지 않고 있었던 이유는 분명히 존재한다. 첫째, 장미는 내 첫사랑이라 (연락처를) 지워봤자 (기억 속에서) 잊히지 않을 것이고, 둘째, 삭제한다는 것 자체가 아직도 장미를 의식하고 있다는 걸 인정하는 태도 같아 자존심이 상하기 때문이고, 셋째, 무엇보다 장미는 거짓말쟁이이기 때문이다. 그러니 다신 연락하지 않겠다는 말을 믿을 수 있겠냐고요.

장미가 전화기를 통해 다 죽어가는 목소리로 말했다.

"지금 와줄래?"

장미는 변한 것이 없었다. 늘 그랬듯 이기적이고 일방적이었다. '퇴근 후에 와줄 수 있어?'도 아니고, '지금 와줄 수 있니?'도 아니고 '지금 와줄래?'라니. 내가 직장인이란 걸 모르나. 오늘 조퇴한 걸 알았나. 하지만 나는 달려가고 싶었다. 당장 달려가 장미를 만나고 싶었다. 아니, 마음은 이미 장미에게 가 있었다. 그래서 나 몰래 사귀던 돈 많은 여자는 어디다 떼어놓고 전화를 했니? 라고 묻는 대신, "거기 어딘데?" 하고 물었다.

죽기 전에 장미를 한번 보고 죽어야겠단 생각이 들었다. 장미가 죽기 전에 말이다. 장미의 목소리는 진짜로 곧 죽을 사람처럼 들렸으니까.

장미는 찜질방이라고 답했다. 나는 곧장 그리로 달려갔다. 하지만 장미는 보이지 않았다. 맥반석 사우나실, 숯가마 사우나실, 일인 수면실, 매점, 식당, 심지어 화장실까지 다 뒤지고 난 뒤에야 겨우 장미를 찾을 수 있었다.

장미는 가장 가까운 곳에 있었다. 너무나 손쉽게 찾을 수 있는 곳에 있어서 오히려 눈에 띄지 않았던 것이다. 장미는 찜질방 한가운데 대자로 뻗어 거의 실신 상태로 곯아떨어져 있었다. 나는 장미의 어깨에 가만히 손을 얹었다. 그리고 나직이 불렀다.

"장미야, 나 왔어."

장미는 마치 자고 있었던 게 아니라 지금껏 코 고는 연기를 하고 있었다는 듯 곧바로 눈을 떴다. 그러고는 대뜸 말했다.

"나가자."

'왔어?'도 아니고, '잘 지냈어?'도 아니고, 지금 들어온 사람에게 나가자고?

나는 이왕 표를 끊은 김에 찜질방에서 온몸을 뜨겁게 지지고 싶었지만, 몇 개월 만에 만난 마당에 감기 들었다고 말할 엄두가 나지 않았다.

"어디 가려고? 가고 싶은 데 있어?"

내 질문에 장미가 한숨을 쉬며 고개를 저었다.

"그냥 나가서 정해. 여기 너무 숨 막혀."

장미는 고시원에서 쫓겨나 얼마 전부터 이곳 찜질방에서 지내고 있다고 했다. 코로나19 여파로 그간 문을 닫은 찜질방이 많아 여기도 겨우 찾아냈다고. 그래서 여기저기 옮겨 다니지도 못한다고.

이것이 장미가 전해준 근황이었다. 말 그대로 실신 상태였는데, 장미족 생활을 청산하고 이제 실업자와 신용불량자의 세계에 입문한 상태였다. 그러니까 찜질방비도 없어서 날 불러낸 거였다. 그제야 숨이 막힌다는 장미의 말이 이해가 갔다. 나 몰래 사귀던 나보다 돈 많은 여자는 어디다 떼어놓았냐고 물을 필요도 없었다. 그녀에게 차인 게 분명했다. 우리는 공처럼 잘도 차이고 있었다.

카운터에 가서 찜질방비를 계산하고 담보로 맡겨둔 장미의 여행 가방을 찾은 뒤 찜질방을 나섰다. 이 짐을 끌고 어디를 돌아다니는 것도 무리였다.

카페 울프를 염두에 두며 물었다.

"장미야, 나 아는 카페에 가서 짐 맡겨놓을래?"

"아니. 오늘은 아무도 만나고 싶지 않아. 이 몰골로는 누구도 만나고 싶지 않다고."

장미가 정색하며 말했다. 누가 우리 엄마라도 만나러 가자고 했나. 카페 울프에 가서 주인장 언니랑 소개팅이라도 하라고 했나. 그냥 짐 좀 맡기러 가자는 것뿐인데.

나는 서운한 표정으로 장미를 바라보았다. 그제야 이해가 갔다. 그 몰골로는 정말이지 아무도 만나고 싶지 않을 거란 걸. 낡은 회색 캐리어, 더 낡은 백팩, 구겨진 야상 점퍼, 언제 빨았는지 물어볼 엄두도 나지 않는 때에 찌든 청바지 차림으로는. 누가 장미를 방금 찜질방에서 나온 사람이라고 믿겠냔 말이다. 나 빼고.

나는 장미에게 여행 가방을 건네받아 끌기 시작했다. 제법 묵직했다. 백팩보다 무거울 것 같아 잘한 선택이란 생각이 들었다.

근처에 베트남 쌀국수 식당이 보였다. 셀프 주문 식당이라 직원이 와서 주문을 받는 일도, 말을 거는 일도 없는 곳이었다. 매장에서 자동주문기에 카드를 넣고 주문과 동시에 계산을 하면 조리대에서 음식이 만들어지고, 다 되면 벨을 땡 누른다. 손님이 가져다 먹으면 끝. 물도 밑반찬도 셀프고 나갈 때 그릇도 셀프로 반납한다. 음식을 먹고 나갈 때까지 아무도 안 만나도 된다. 심지어 주인이 뒤통수에 대고 안녕히 가시라는 인사를 할 때 못 들은 척 그냥 나가도 된다.

나는 여행 가방을 끌고 베트남 쌀국수 식당으로 앞장서 들어섰다. 장미가 터벅터벅 따라 들어왔다. 자동주문기에서 쇠고기 쌀국수 이 인분을 시키고, 셀프로 단무지와 김치를 가져다 놓았다. 잠시 후 주문한 쌀국수가 나왔다. 우리는 말 없이 쌀국수를 먹었다. 국물도 남김없이 전부 들이켰다. 식사를 마칠 때까지 한 마디도 나누지 않았지만, 외롭다는 생각은 들지 않았다. 핸드폰 같은 건 꺼내 볼 여유도 마음도 없었다. 그래서…… 좋았다.

다음 코스는 무인 DVD방이었다. 여기도 직원이 없는 곳으로 카드만 있으면 모든 게 해결된다. 아, 여긴 약간의 동전도 필요하다. 자동판매기의 음료수를 마시려면 말이다. 이곳에선 직원의 도움 없이 컵라면을 직접 끓여 먹은 뒤에 커피도 직접 타서 마신다. 재활용 쓰레기도 직접 분리수거 해놓고 나가야 한다.

전에도 장미와 여기 온 적이 있었다. 〈이브의 아름다운 키스〉란 영화를 봤는데, 끝나고 나서도 한동안 여운이 남았다.

아마 장미도 나와 똑같은 느낌을 받았으리라. 그날 이후 우리는 본격적으로 사귀기 시작했다.

장미가 DVD 코너에서 영화를 고르는 동안 커피를 타면서 몰래 감기약을 먹었다. 다행히 들키진 않았다. 장미는 〈로켓맨〉이란 영화를 골라왔다. 엘튼 존의 일대기를 그린 뮤지컬 영화인데, 다행히 내가 안 본 영화였다. 설령 봤다 해도 군말 없이 또 봤을 것이다. 전부터 그래왔으니까. 그런데 뮤지컬 영화라니 꽤 시끄럽겠는걸.

우리는 커피를 마시며 〈로켓맨〉을 감상하기 시작했다. 영화가 중반부를 넘어가자 엘튼 존이 엄마에게 자기가 게이라며 어렵사리 고백을 했다. 중반도 넘은 데다 이제 고백할 때도 됐으니까. 그런데 그 말을 듣고 나서 엄마가 뭐라 그랬게요?

자신의 삶에서 엄마가 차지하는 비중이 지배적이라고 생각하는 사람들을 위해 뜸 들이지 않고 발표하겠다. 때로는 환상에서 단번에 깨어나 곧바로 현실을 직시해야만 하는 부류가 우리 같은 처지의 사람들이니까. 그러니까 엄마가 한 말은 바로…….

—너 혼자만 알고 있지 그랬니?

이 말이었다. 우리 엄마를 대하는 심정이었다. 장미 역시
엘튼 존 엄마의 반응에 분노하며 부르르 손을 떨었다. 그러
고는 주먹을 쥐었다. 그렇게 주먹을 꽉 쥐고서 뭐라도 한 대
칠 기세였다. 자기네 엄마도 아닌데 나처럼 너무 몰입한 것
이다.

"내가 엄마랑 인연을 끊은 이유가 바로 저거야. 나도 커밍
아웃을 했거든. 그래서 쫓겨났어."

장미가 고시원에 들어간 이유가 집에서 쫓겨났기 때문이
라니. 그것도 커밍아웃 때문이라니. 그런데 고시원에서도 쫓
겨나다니. 그걸 오늘에야 알게 되다니. 이런 젠장.

엄마들은 종종 자식들이 자신에게 엄청난 사실을 고백해
오지 않기를 바란다. 하더라도 아주 늦게, 마음의 준비가 되
었을 때 해주길 바란다. 엄마가 받아들일 마음의 준비가 말
이다. 진실을 마주하기가 두려워서일까. 고백하지 않아도 엄
마들 특유의 주파수로 이미 알고 있기 때문일까.

—엄마, 새 아빠가 엄마 없을 때 날 자꾸 만져.

— 오빠가 자꾸 내 속옷을 훔쳐 가. 그거 입고 사진도 찍어.

— 나 전따야. 자퇴 대신 복수를 택했어. 도피보단 직진이 낫잖아?

— 시험 보기 싫어서 학교에 불 지른 애가 바로 나야.

이래서 '너 혼자만 알고 있지 그랬니?'란 대답이 곧장 튀어나오는 걸까. 무서운 진실을 대면하기가 두려워서?

나는 여전히 떨고 있는 장미의 주먹을 잡았다. 그리고 손바닥으로 장미의 주먹을 동그랗게 감쌌다. 장미가 주먹을 펴면서 내 손을 마주 잡았다. 우리의 손가락이 정확히 포개졌다. 그러나 이브의 재회 기념 키스는 이루어지지 않았다. 내가 피해버렸기 때문이다.

장미가 몹시 서운해했지만 감기 옮길까 봐, 라고 말할 순 없었다. 그러면 감기에 걸린 걸 들킬 텐데, 만나자마자 장미에게 걱정을 끼치고 싶진 않았다. 감기약을 몰래 먹는 데 가까스로 성공했는데 자진신고를 하면 억울할 것도 같았고.

영화를 보고 나서 DVD방을 나섰다. 이제 낮 동안 숨어 있던 별들이 자신의 존재를 드러내는 시간이었다. 엄마에게 여러 통의 문자가 와 있을 시간이었다. 장미와 내가 헤어져야 할 시간.

장미를 끌고 우리 집으로 갈까 생각했지만 그건 무리였다. 하루 이틀 잠자리를 제공한다고 해서 해결될 문제도 아니고 무엇보다 엄마가 우리 사이를 눈치챌 것 같았다.

나는 아직 엄마에게 커밍아웃하지 않았다. 할 생각도, 그럴 마음도 품어본 적이 없다. 성격상 엄마는 이 문제를 비극으로 끌고 갈 것이다. 나를 비극의 주인공으로 만들어놓고 자신이 공동 주연을 맡을 것이다. 그리고 좀 있으면 단독 주연을 맡으려 하겠지. 자신이 비극의 주인공이 된 것처럼.

나는 편의점을 찾아 들어가 현금인출기에 카드를 넣고 현금을 찾았다. 그리고 장미의 야상 점퍼 안으로 구겨 넣었다. 한 달 치 고시원비 혹은 보증금 없는 월세 비용에 해당하는 금액이었다. 어딜 가든 선택은 장미가 알아서 하겠지.

장미가 결연한 어투로 말했다.

"꼭 갚을 거야."

내게 하는 약속이 아니라 자신에게 하는 다짐 같았다.

"우리 다시 시작하는 거지?"

장미가 먼저 물었다면 좋았을 질문을 내가 먼저 하고 말았다.

"우리끼리만 알고 있자."

피융, 장미가 휘파람 소리를 내며 별을 향해 로켓을 날리는 시늉을 했다.

나는 장미에게 여행 가방을 건네며 말했다.

"잘 자."

장미가 여행 가방을 받아 들며 말했다.

"잘 가."

돌아오는 지하철 안에서 내내 생각했다. 옛 애인이 좋은 점. 자기소개를 새로 안 해도 된다. 연애 초기처럼 긴장하지 않아도 된다. 상대에 대해 많은 정보를 지니고 있다는 점에서 시행착오를 줄일 수 있다. 즉 상대의 장단점을 잘 알고 있어 불필요하게 시간을 낭비할 필요가 없다. 싸우더라도 회복하는 속도가 빠르다.

그러나 이 생각들은 나 자신을 위로하기 위한 합리화에 불과했다. 어쩐지 장미를 사막 한가운데 홀로 버려두고 떠나온 것 같아서, 장미가 사막에서 외롭게 버티며 날 기다리고 있을 것만 같아서 걱정이 되었다.

집에 도착해 거실로 들어서니 엄마가 소파에서 잠들어 있었다. 여전히 티브이를 켜놓은 채로.

나는 거실 바닥에 떨어져 있는 리모컨을 주워서 티브이를 껐다. 그리고 바닥에 나뒹구는 소주병을 치운 뒤 엄마가 춥지 않게 이불을 잘 덮어주고 방으로 들어갔다.

휴먼 스테인

퇴근 무렵이었다. 마지막 파마 손님의 샴푸를 마치고 자리로 안내하려는데 남자 손님 한 명이 예약도 없이 미용실로 들어섰다. 실장의 단골인 Y대 영문과 대학원생이었다. 대학원생은 수시로 미용실에 오는데, 예약을 하고 올 때도 있고 무턱대고 올 때도 있다. 오늘은 후자의 경우에 속했다.

예약 안 한 손님도 막 받아주는, 원칙 없는 예약제로 운영되는 피우리 미용실인 터라 곧장 실장에게 달려가 물었다.

"어떻게 할까요?"

얼마 전 퇴근 시간에 예약 없이 온 손님이 있었는데, 실장이 그냥 돌려보냈기 때문이다. 더군다나 오늘은 직원들 회식날이라 식당에 예약 시간이 잡혀 있었다.

"기다리시라고 해."

이래서 마지막이란 단어는 함부로 쓰지 말아야 한다. 마지막은 마지막이 아닐 때가 많으니까. 나와 장미만 해도 그렇지 않은가. 끝난 줄 알았는데 다시 시작했으니까.

나는 실장의 지시대로 대학원생을 대기석으로 안내했다.

"잡지 가져다드릴까요?"

내 질문에 대학원생이 얼어붙은 표정으로 고개를 저었다. 남성 잡지라고 말해줄 걸 그랬나. 여기 여성지만 있는 건 아닌데. 고갯짓으로 가볍게 인사하고 돌아서려는데 대학원생이 평소에 끼고 다니는 책을 책상 위에 턱 올려놓았다. 그것은 분명 원서였다. 제목은《휴먼 스테인》. 저자는 필립 로스. 내가 영어를 잘못 읽은 것이 아니라면 말이다.

그가 평소에 들고 다니는 책이《휴먼 스테인》이었다니. 그걸 오늘에야 알게 되다니. 너무 반가운 나머지 저절로 소리를 지르고 말았다.

"어머! 휴먼 스테인, 내가 제일 좋아하는 영화인데."

순간 대학원생의 눈이 휘둥그레졌다.

"이게 영화라고요?"

그러면서 삼 초간 나를 집중해서 바라보았는데 태어나서 이렇게 눈을 크게 떠본 일은 오늘이 처음이라는 표정이었다

(눈을 최대로 떠도 자신의 눈이 그다지 큰 편은 아니란 사실도 오늘 처음 알았을 것이다. 사방이 거울인 미용실에서 이 같은 사실을 확인하기란 어렵지 않다).

'(그걸 몰랐다고요?) 아니요, 그건 책이고요. 필립 로스는 내가 제일 좋아하는 작가예요'라고 그다음에 내가 말했을 것 같나?

'근데 영화도 나왔어요. 니콜 키드먼이 주인공인데 연기가 예술이었어요. 전 개인적으로 〈디 아워스〉의 니콜 키드먼보다 〈휴먼 스테인〉의 니콜 키드먼을 더 좋아해요'라고 계속해서 말했을 것 같나?

천만에. 번개 맞은 양 놀란 그의 표정에서 나와 이런 대화를 나누는 게 불편하다는 걸 눈치챘기 때문이다. 필립 로스는 보조 미용사와 어울리는 화제가 아니라는 것도. 대학원생과 보조 미용사는 어울리지 않는다는 것도.

대신 잽싸게 화제를 돌렸다. 그러니까 필립 로스 대신 필립스로. 그에게 이제부터 미용실에서도 필립스 면도기를 판매한다고 말해주었다. 면도할 때 바퀴 세 개가 원을 그리면서 교대로 회전하는데 성능이 아주 좋다고. 완전 방수에 소음도 적다고. 사은품으로 코털 깎는 기계도 준다고 말이다.

대학원생이 그제야 관심을 보이며 가격을 물었다. 십오만 원이라는 한 치의 에누리 없는 가격을 제시하자 대학원생은 다음 기회에 생각해보겠다며 원서에 코를 박았다.

마지막 커트 손님, 즉 대학원생의 샴푸를 마치고 나서 부리나케 식당으로 달려갔다.

안쪽의 룸 예약석 테이블엔 예약이란 말이 무색하게 물티슈만 인원수대로 놓여 있었다. 나는 우리 테이블에 숟가락과 젓가락을 세팅하기 시작했다. 물병과 물잔도 미리 가져다 놓았다. 예약석에서 셀프 채소 코너까지의 동선을 미리 재보고는(예상보다 조금 길었다) 제일 가장자리에 앉아 원장과 실장을 기다렸다.

퇴근 후 원장과 실장이 들어섰다. 나는 두 사람이 안으로 들어갈 수 있도록 자리에서 일어섰다. 내 자리가 가장자리니까 말이다.

내가 가장자리를 좋아하는 이유는 화장실에 자주 들락거리는 스타일이어서가 아니다. 집에 일찍 가고 싶어서도 아니고, 내가 계산하기 위해서도 아니다. 바로 식당들이 주로 셀프서비스이기 때문이다.

이곳은 물은 물론이고, 마늘, 고추, 쌈장, 상추 등의 각종 채소에서 가위, 집게, 심지어 냉장고 안의 소주, 맥주, 캔 음료까지, 따로 직원을 두지 않아도 될 정도로 철저하게 셀프를 고집하는 식당이다. 유난히 고집스러운 덕택에 다른 식당보다 저렴해서 원장은 회식 때만큼은 유독 이 식당을 선호한다. 그래서 이 일을 가장자리에 앉은 내가 도맡아 한다. 그러려고 앉은 거니까.

나는 원장과 실장 앞에 채소나 소스가 떨어지기가 무섭게 가져다 나르느라 부산하게 움직였다. 원장이 날 보며 쯧, 소리를 냈다.

"자기 완전 마르다네, 마르다."

"네?"

"아니, 일 잘한다고. 이쁘다고."

나는 처음엔 원장의 말을 내가 이렇게 일하다가 몸이 마르겠다고 걱정해주는 뜻으로 이해했다. 그러자 원장이 기독교 신자란 사실이 떠올랐고, 곧 마르다가 성경의 '마리아와 마르다' 이야기에서 나온 그 마르다를 뜻한다는 걸 깨달았다.

예수님이 마리아의 집에 갔는데 마리아는 예수님 앞에 붙어 앉아 오로지 말씀에만 집중하고 마르다는 부엌에 가서 대접할 것을 준비해오느라 말씀에 집중하지 못해서 예수님이 마리아를 칭찬하고 마르다를 꾸중했다는 이야기 말이다.

내 기억은 금세 주일학교 초등부 시절로 소환되었다. 그때 나는 궂은일을 도맡아 하는 부지런한 마르다가 왜 예수님께 꾸중을 들어야 했는지 이해가 안 가서 주일학교 선생님에게 물었다. 선생님은 대답 대신 내게 왜 나무만 보고 숲은 보지 못하냐고 혼냄으로써 내 혼란을 가중시켰다. 그 뒤 나는 마르다 같은 심정으로 교회를 다니다가 결국 그만두었다. 왜 그만두었냐고? 이해가 안 갔다니까!

뒤늦은 깨달음에 나는 마르다 같은 표정을 지으며 원장에게 물었다.

"두 분 혹시 저 없을 때 무슨 중요한 얘기 하셨어요?"

"아무 말도 안 했어. 우리가 먹으러 왔지, 말하러 왔나."

결국 가장자리에서 열심히 서빙하다가 회식은 끝나버렸고 원장은 마리아 팀(실장)과 마르다 팀(나)에게 골고루 시선을 분배하며 택시비를 나눠주었다. 아무래도 회식 날만큼은 예수님의 마음이 되어보고 싶은 것 같았다.

원장이 먼저 택시를 타고 가버리자 밤거리에 실장과 나, 둘만 남았다. 실장에게 먼저 말을 붙였다.

"맛있게 드셨어요?"

실장은 대답 대신 고개를 끄덕였다. 여전히 말이 없었다. 아니나 다를까 하는 순간 질문이 날아왔다.

"우리 씨, 평소에 눈치 없단 소리 안 들어봤어?"

"눈치 본다는 소린 들어봤는데요."

"아까 대학원생하고 무슨 얘기 한 거야?"

"필립스 면도기요. 하나 샀렜더니 생각해보겠대요."

"관심 갖지 마. 상처받아."

"아이, 실장님, 그 남자 내 스타일 아니에요."

내친김에 더 용기를 냈다.

"실장님은 평소에 그렇게 말이 없는 편이세요?"

"응. 난 입을 잘 못 놀리거든."

"네?"

"손은 잘 놀려도."

실장이 손가락으로 가위질 흉내를 냈다.

"일할 때 말은 필요 없단 뜻이야. 미용실에서 손님들 구구절절한 사연 들어주던 시대는 지났어. 그건 옛날 방식이야. 우린 그저 우리에게 주어진 일만 잘하면 돼. 묵묵히."

아아, 그래서 그랬구나. 평소에 말이 없는 이유가 그거였어. 간단하네. 진작 물어볼걸.

실장이 다시 입을 다물었다. 우리 사이에 다시금 침묵이 흘렀다. 뒤에서 안을까, 한 대 때릴까 고민하는 사이 실장이 먼저 택시에 올라탔다. 실장을 태운 택시가 떠나자 나는 지하철을 향해 걷기 시작했다. 임시인 언니 말이 맞네. 막상 실행에 옮기려니 쉽지가 않구나.

지하철에 오르자 운 좋게도 빈 좌석 하나가 남아 있었다. 나는 잽싸게 빈자리에 앉았다. 내 왼편 옆 좌석에 앉은 남자가 내가 앉자마자 계속 흘금대기 시작했다. 왜 그러지? 내가 맘에 드나?

옆 좌석 남자가 이번엔 코를 큼큼댔다. 내 옷에서 고기 냄새가 나나? 내 배에서 꼬르륵 소리가 났다. 이번에는 옆 좌석 남자가 피식 웃었다. 옷에선 고기 냄새가 나는데 배에선 꼬르륵 소리가 나니까 우스운가? 그러면서 옆 좌석 남자는 날 흘금대는 일을 멈추지 않았다.

"저어."

드디어 옆 좌석 남자가 내게 수줍은 표정으로 어렵게 말을 꺼냈다.

제발 작업만 걸지 말아주었으면. 내가 그쪽 과가 아니라서.

"네?"

"실례지만 자리 좀 바꿔주실래요? 여자친구랑 떨어져 앉아서요."

그제야 옆 좌석 남자가 흘금댄 건 날 보고 그런 게 아니라 내 오른편 옆 좌석의 여자친구를 보느라 그런 거고, 피식 웃은 것도 여자친구를 향한 미소였다는 걸 깨달았다.

나는 군말 없이 자리를 바꿔주었다. 그러고는 민망함을 감추기 위해 두 눈을 꼭 감고 자는 척하기 시작했다.

진짜 딸 vs 가짜 딸

아침에 일어나니 소파에서 자고 있던 엄마가 사라지고 없었다. 밤새 엄마가 덮고 자던 이불도 보이지 않았다. 엄마가 이불과 함께 사라진 것이다.

출근하려고 시리얼을 우유에 말아 먹고 있는데, 현관문이 열리면서 엄마가 들어섰다. 한복을 들고서. 이불과 함께 사라진 엄마가 한복을 들고 나타났다. 한복이 변신이불이라도 되는 것처럼.

"아침부터 어디 갔다 온 거야?"

"한복 빌리러."

"이렇게 일찍 한복은 왜?"

"예전 거 그냥 입으려다 한복집에서 한 벌 빌렸는데 맘이 변해서 바꿔왔어. 가게 문 열 때까지 앞에서 기다렸지 뭐야."

"그러니까 한복은 왜 빌렸냐고?"

"오늘 돌잔치 가거든."

"누구네?"

"먼 친척이야. 넌 몰라도 돼."

엄마가 한복을 들고 거울 앞에 가서 섰다. 한복을 몸에 대보며 거울 속의 엄마가 내게 물었다. 자못 상기된 표정이었다.

"어떠냐?"

"먼 친척 누군데? 나도 가서 축하해줘야 하는 거 아냐?"

"나 혼자 가도 되는 친척이니까 넌 신경 꺼. 한복 어떠냐고?"

"별로야."

"기집애. 삐지기는."

내 눈치를 보던 엄마가 드디어 식탁에 앉더니 이실직고하기 시작했다.

"재작년에 충무로에 결혼식 갔었잖니? 친정엄마 역할 하러."

그랬다. 그 아르바이트가 천안 알바 이전의 마지막 알바였다. 그간 코로나19 여파로 결혼식장 예약이 속속 취소되었으니까. 그래서 엄마의 알바도 속속 취소되었었다.

"한옥마을?"

"그래. 거기서 전통혼례 했었잖아. 사위가 프랑스 사람인데 딸보다 삼 년 연하라고. 사위가 한국에 교환학생으로 와서 만났다고."

한옥마을과 영화인 사진 이야기 외에는 기억나지 않는다. 엄마가 말했는데 내가 기억하지 못하는 것일 수도 있고, 엄마가 하지도 않은 얘기를 스스로 했다고 착각하는 것일 수도 있다. 물론 전자일 확률이 높지만. 그날 집에 돌아와서 엄마는 충무로역에 유명 영화인들 사진이 잔뜩 붙어 있더라고 했다. 그런데 아빠 사진은 한 장도 없었다며 우울해하던 엄마의 표정이 그제야 기억이 났다.

"그렇다 치고."

"사위가 우리나라 음식에 관심 많댔잖아. 된장찌개하고 김치를 그렇게 좋아한대."

"그렇다 쳐."

"딸이 애를 낳았는데 오늘이 돌날이란다. 그래서 돌잔치 가는 거야. 프랑스에서 사돈어른들도 다 오시거든."

나직하게 엄마를 불렀다.

"엄마."

엄마는 자신의 이야기에 취해 내가 부르는 소리를 듣지 못했다. 그러고는 계속해서 자기 이야기를 이어갔다. 나는 엄마의 이야기를 통해 그동안 엄마가 가짜 딸과 계속 연락하고 지냈다는 사실을 알게 되었다. 사돈어른이 외국에 살아서 엄마랑은 만날 일이 없었는데, 이제 대대적으로 돌잔치를 하기 위해 귀국한다고. 가짜 딸이 친정엄마가 빠진 돌잔치는 시부모에게 면목이 안 서니 부디 참석해서 자리를 빛내줄 것을 부탁했다고. 이 대목에서 엄마의 표정은 무슨 영화제의 시상식에 초대받아 가는 여배우처럼 빛났다.

엄마는 가짜 딸이 아들을 낳았을 때 배냇저고리를 사서 병원에도 찾아가고 산후조리원에 있을 때도 가보고, 심지어 백일 땐 떡도 주문해서 딸의 이웃들에게 돌렸다고 했다. 이제 엄마의 이야기는 점점 코미디가 되어가고 있었다.

"사위 주려고 된장 좀 담갔는데 한번 먹어볼래? 참, 시리얼이랑 먹긴 좀 그렇겠구나. 고추라도 하나 씻어와?"

진짜 딸한텐 시리얼이나 먹게 하고 가짜 사위한텐 된장까지 담가주고. 엄마, 된장 담글 줄 아는 사람이었네.

"엄마!"

"아, 깜짝이야, 왜!"

"누가 사위고 누가 딸이란 거야? 엄마 사위? 엄마 딸? 사돈 어른은 또 뭐야?"

"누가 내 사위래? 아침부터 왜 이렇게 까칠하게 굴어? 잔치 초대받아 가는 사람한테."

"그래서 돌잔치에서 친정엄마 행세하면 일당 많이 준대?"

"그거야…… 모르지. 회사에서 연락 온 게 아니라 직접 부탁한 거니까."

"한복 빌린 값도 준대? 차비도 준대?"

"얘가 오늘따라 왜 이리 돈 타령이야?"

줄곧 내 눈치만 보며 저자세를 유지하던 엄마가 드디어 버럭 화를 냈다.

"너 언제부터 내 인생에 그렇게 관심이 있었냐. 그럼 사윗 감이라도 데려오든지. 결혼해서 나한테 손주 하나 안겨주면 되잖아! 된장에 고추장에 김치까지 담가줄게!"

결혼이라니, 사위라니, 손자라니……. 코미디는 이제 공포물로 바뀌고 있었다. 나는 자리에서 일어섰다.

"나, 늦었어. 출근한다."

"마스크 잘 챙겨. 오늘 미세먼지 많대."

나는 대답하지 않았다. 엄마에게 돌잔치에 잘 다녀오란 말도 하지 않았다.

　　엄마가 현관을 나서는 내게 대고 신경질적으로 소리를 질렀다.

　　"마스크 잘 챙겨가라고!"

생일 vs 돌잔치

레스토랑에서 장미를 기다리는 중이다. 오늘은 근사한 저녁 식사를 해야 한다. 엄마라는 배우를 질투하는 경쟁자로서라도. 어쨌거나 엄마는 남의 돌잔치에 가서 신나게 즐기고 올 것 아닌가?

약속 시간에서 삼십 분이나 지났는데 장미는 오지 않는다. 기다리는 동안 메뉴판을 외우다시피 들여다봤다. 그러나 메뉴판을 외우려고 하면 할수록 장미만 떠올랐다. 장미 걱정만.

난 역시 양다리 체질이 아니다. 동시에 두 가지 일을 못 한다. 밥을 먹으면서 음료수를 마시거나 책을 읽으면서 카톡을 날리는 인간은 못 되는 것이다.

옛 애인이 안 좋은 점. 상대에게 긴장을 안 한다. 내게 긴장하지 않는다. 장미는.

레스토랑에 들어선 장미가 허겁지겁 내게로 왔다. 장미에게서 그린티 향기가 났다. 미용실에서 VIP 고객에게 사은품으로 제공하는 손상모발용 산성 샴푸 냄새였다. 파마를 자주 하지 않는 장미의 모발엔 어울리지 않는 샴푸인데, 공짜로 받았다고 아무 샴푸나 막 쓰다니.

장미의 머리카락은 젖어 있었다. 왜 머리도 안 말리고 나왔어? 그건 탈모를 재촉하는 지름길이야. 알아? 넌 미용사 여친이 있어도 제대로 활용할 줄 모르고 있다고.

장미는 고시원을 청소하고 나서 온몸이 땀에 젖은 채로 나올 수가 없어 샤워하고 오느라 늦었다고 했다. 서운함이 가시자마자 미안한 마음이 들었다. 나는 속으로 돌아오는 장미 생일엔 장미의 머릿결에 맞는 샴푸를 선물해야겠다는 다짐을 했다.

"머리라도 말리고 오지 그랬어. 난 더 기다려도 되는데."

"드라이기가 없어서."

세상 참 불공평하네. 미용실엔 헤어드라이어 천지인데.

예전 같았으면 오늘 같은 날 내 가방에 미용가위와 빗은 물론 헤어드라이어가 들어 있었을 것이다.

한때는 그걸로 '그'의 머리를 수시로 잘라주고 드라이해주었는데. 이럴 때 내 가방에 드라이어가 있었다면 얼마나 좋았을까? 그럼 당장 화장실에 데려가서라도 장미의 젖은 머리카락을 말려줄 수 있었을 것이다. 그런데 그깟 실험 쥐 소리에 그만두다니.

얼마 전 장미는 결국 고시원행을 결정했다. 잠을 자면서 식사까지 해결하려면 그 수밖에 없다고 했다. 장미는 고시원을 청소해주고 고시원비까지 해결하기로 했다. 주인 아들인 총무가 지금껏 청소를 해왔는데, 하도 요령을 피우길래 장미가 주인에게 직접 제안했더니 받아들였다고.

이로써 우리는 청소부 삼총사가 됐다. 장미는 고시원 청소부, 나는 미용실 청소부, 나머지 한 명은 대학교 청소부인데 그게 누구냐면, 바로 니콜 키드먼이다.

영화 〈휴먼 스테인〉에서 니콜 키드먼은 대학교 청소부로 나온다. 그러면서 그 대학의 교수인 안소니 홉킨스와 마지막 사랑에 빠진다. 난 미용실 손님인 대학원생에게 면도기 하나도 못 파는데. 이런 걸 영화와 현실의 차이라고 해야 하나?

눈을 감고 가만히 귀를 기울여본다. 무슨 소리가 들려오는 것만 같다. 청소부 삼총사가 각자의 일터에서 일하는 소리

가. 사각사각 잘려나간 머리카락을 비질하는 소리와 소복소복 쌓인 먼지를 쓱싹쓱싹 청소하는 소리가.

주문한 식사를 기다리는 동안 장미가 얼음물을 들이켰다. 물잔 안에서 얼음들이 부딪치면서 잘그락잘그락 소리를 냈다.

"장미야."

"응?"

"사각사각."

"그게 뭔데?"

"내가 제일 좋아하는 소리야. 사각사각. 무슨 소리 같니?"

"얼음 깨물어 먹는 소리?"

나는 고개를 저었다.

"가위질 소리. 미용실에서 손님 머리카락 자를 때 나는 소리야. 난 내 일이 너무 좋아. 맨날 이 소리를 들을 수 있어서."

장미가 풋 웃었다.

"우리야, 넌 꿈이 없어?"

"있지. 왜?"

"가끔 보면 넌 꿈도 없는 애 같아서."

"미용사가 내 꿈인데?"

"아니, 내 말은 야심이랄까, 포부랄까, 거대한 야망 같은 거 말이야."

장미를 만족시킬 만한 야심 가운데 내가 가져야 할 거대한 야망은 무엇일까 생각했다.

정식 미용사가 되어 언젠간 강남 한복판에다 나만의 미용실을 오픈하는 것? 존경받는 미용실 원장이 되어 전국에 내 이름을 내건 미용실 분점을 내는 것?

나는 속으로 고개를 저었다. 난 이미 피우리 미용실에서 일하고 있지 않은가.

드디어 주문한 와인과 식사가 우리 테이블에 놓였다. 장미가 좋아하는 카레 돈가스와 내가 좋아하는 김치볶음밥이다. 참고로 모든 식사엔 미역국이 함께 나온다. 나는 장미와 와인 잔을 부딪쳤다. 김치볶음밥도 맛있게 먹었다. 미역국도.

장미가 식사를 마치자마자 먼저 들어가야겠다며 일어섰다. 화장실에서 계단까지 고시원 곳곳을 청소했더니 피곤해서 일찍 들어가 쉬어야겠다고.

삼십 분이나 늦게 나타나서 밥을 먹자마자 들어가겠다니 좀 전의 미안했던 마음이 다시 서운함으로 되돌아가려고 했지만, 고시원 청소 적응 기간이란 측면에서 너그럽게 이해하

기로 했다. 그렇다고 날 두고 먼저 가버리다니. 계산하는 것
도 못 기다려주나. 장미는 늘 이렇게 일방적이다.

나는 남아 있는 와인을 바라보았다. 반병도 더 남았는데
다음에 와서 마시면 맛이 떨어지겠지? 이 자리에서 다 마시
고 가는 방법도 있겠지만, 생일날 혼자 취하면 서글플 것 같
아 집에 들고 가기로 했다.

카운터로 가 계산을 한 뒤 남은 와인을 들고 레스토랑을
나섰다. 이 길로 카페 울프에 가서 남은 와인을 마셔버릴까
하다가 집으로 발걸음을 돌렸다.

장미야, 미용사는 정말이지 내 꿈이란다. 넌 몰랐구나? 오
늘이 내 생일인 것도 몰랐어? 그래서 일부러 미역국 나오는
레스토랑에서 만나자고 한 거야. 내가 직접 만들어서 집으로
초대할 순 없잖아. 우리 사이는 우리끼리만 알고 있는데. 하
기야 우리 엄마도 내 생일을 모르더라. 가짜 손자 돌잔치에
정신이 팔려서 말이야.

집에 돌아오자마자 장미에게 전화부터 했다. 이제 고시원
에 도착해서 숨을 한참 돌리고도 남을 시간이니까. 하지만
장미는 전화를 받지 않았다. 한참을 울려도 받지 않아 포기

하고 끊으려는데 장미가 드디어 전화를 받았다.

"왜? 무슨 일 있어?"

"그냥. 잘 들어갔는지 궁금해서."(다른 데 안 들르고 곧장 갔는지 궁금해서.)

"나야 잘 갔지. 너는?"

순간 시끄러운 음악 소리가 장미의 핸드폰을 통해 내 핸드폰으로 전해졌다.

"거기 밖이야?"

"고시원인데?"

"근데 왜 그렇게 시끄러워?"

"핸드폰으로 음악 틀어놨거든."

"카페 같은데? 음질이 너무 좋아."

"블루투스로 틀어놔서 그런가?"

"아아, 어서 푹 쉬어. 너무 무리하지 말고."

"으응."

장미가 전화를 끊으려는 순간이었다.

"장미야, 잠깐."

"응?"

"아, 아니야. 쉬어."

나는 먼저 전화를 끊었다. 더 길게 물었다간 장미를 의심하는 마음을 들킬 것 같았다. 내가 왜 이러지? 왜 내 마음을 잘 추스르지 못하고 등신같이 굴지? 마음을 지키려는 사람들 모임의 정회원인 내가 왜!

좀 전에 보고 온 장미의 얼굴이 다시 보고 싶었다. 방금 전에 들은 장미의 목소리도 다시 듣고 싶었다. 결국 남은 와인을 혼자 다 마시고 취했다. 생일날 혼자서 와인 한 병을 비웠다. 서글프기는커녕 좋기만 하네. 젠장.

순간 한복을 입은 엄마가 거실로 쓱 들어섰다. 취해서 바라본 엄마의 모습은 귀신 같았다. 귀신 가운데 한복귀신이란게 있다면 바로 저런 모습일 것 같았다. 엄마는 한복을 갈아입을 생각도 않고 다짜고짜 핸드폰부터 꺼냈다. 그러고는 내게 돌잔치에서 찍어온 사진들을 보여주었다.

"얘 좀 봐라. 참 야무지게 생겼지?"

나는 엄마의 핸드폰에 담긴 가짜 손자의 얼굴을 들여다보았다. 취해서 바라본 가짜 손자의 얼굴은 유난히 하얗고 크기가 달걀만 했다. 그래서 달걀귀신 같았다.

"얘 오늘 마이크 잡았다. 이다음에 아나운서 하려나. 배우되려나."

엄마는 자기 기분에 취해 내가 취한 사실도 모르고 있었다. 취한 나머지 콧노래를 흥얼거렸다. 취기를 핑계로 가짜 손자 돌잔치의 동영상까지 보여주었다. 동영상 속에선 앙증맞은 달걀귀신이 마이크를 잡고 있었다.

"그래그래, 내 새끼. 어이구, 내 새끼."

엄마는 가짜 손자가 마치 자기 옆에 있기라도 한 것처럼 침을 흘려가며 바라보았다.

"이거 봐라. 눈이 아주 에메랄드빛이야. 아빠가 프랑스 사람이라 그런가. 색깔이 다르긴 다르다. 그치?"

"눈 색깔이 엄마랑 무슨 상관인데? 엄마, 할머니 되기 싫어하는 거 아니었어?"

"이렇게 귀여운데 누가 싫대."

"꼬리가 너무 긴 거 아냐? 그러다 시부모한테 들키면 어쩌려고 그래?"

"안 들키면 되지. 내 딸도,"

이 대목에서 엄마는 내 눈치를 잠깐 보더니 말을 이어갔다.

"아니, 애 엄마도 시부모 앞에서 나한테 엄마라 부르는 게 어찌나 자연스러운지 배우 해도 되겠더라. 아기도 나한테 쏙쏙 안기는 게 어쩜 그렇게 낯을 안 가리니?"

"그동안 자주 봐서 진짜 할머니인 줄 알고 그러는 거 아냐?"

"그런가? 호호호호."

한복귀신이 웃었다. 오늘따라 기분이 좋아 보였다. 나도 따라 웃어주었다. 취한 김에.

눈썹데이

지난번에 학원 수업을 빼먹고 왔던 여고생이 아침부터 미용실 안으로 들어섰다. 평소 같으면 학교에 있어야 할 시간인데 이번엔 학교 수업을 빼먹고 나온 것이다. 실장은 왜 아침부터 미용실에 왔냐고 묻는 대신 여고생의 머리를 커트하기 시작했다. 나 역시 분위기상 물어보면 안 될 것 같아 스펀지를 든 채 실장 옆에 서서 커트하는 모습을 지켜봤다. 커트 후엔 스펀지로 톡톡 머리칼을 털어낼 것을 새삼 다짐하면서.

그동안 커트 손님이 유난히 많았던 실장의 특별한 비결이 어디에 있나 궁금했었는데, 가까이서 지켜볼 좋은 기회가 온 것이다.

실장은 핑거 앵글, 즉 손가락 각도가 거침이 없었다. 커졌다가 작아졌다가 자유자재였다. 모발 층을 많이 낼 땐 손가락 각도가 커졌다. 조금만 다듬어야 할 부분에선 각도가 작아졌다. 각도가 커지니 모발의 무게감이 한결 덜했다. 마치 수학의 비례 그래프 공식 같았다. 아, 정답은 각도에 있었구나.

미용사가 가위를 들고 손가락 각도를 자유자재로 펼치는 일은 요리사가 프라이팬을 들고 불판 위에서 거침없이 요리를 펼치는 모습과도 같다. 다시 말해 요리사의 프라이팬 요술은 미용사의 가위 예술과 같은 것이다. 이 일을 핑거 아트라 불러도 될까? 나는 미래의 핑거 아티스트라고?

커트가 끝나자 미래의 핑거 아티스트가 여고생을 샴푸실로 데려갔다. 나는 지난번처럼 샴푸를 해준 뒤 지난번보다 더 많은 힘과 정성을 들여 두피 마사지를 해주었다. 그리고 여고생을 다시 자리로 안내했다.

실장이 여고생의 머리를 드라이하면서 물었다.

"눈썹 다듬어줄까? 숱이 많아서 다듬으면 훨씬 이쁠 것 같은데."

순간 내 귀를 의심했다. 실장이 손님에게 두 문장 이상 말하는 모습을 처음 봤기 때문이다. 게다가 이렇게 다정하게 말하는 모습은. 여고생이 가볍게 고개를 까닥였다. 실장의 정성에 비해 다소 아쉽게 느껴지는 반응이었다. 그러거나 말거나 실장은 서랍에서 눈썹용 칼을 꺼내 쓱쓱 여고생의 눈썹을 다듬기 시작했다. 눈썹 다듬기는 불과 오륙 초 만에 끝났지만, 여고생은 눈에 띄게 달라 보였다. 실장과 원장과 나는 이구동성으로 외쳤다.

"이쁘네."

"이쁘다."

"와아, 예뻐요!"

갑자기 흑, 하고 여고생이 울음을 터뜨렸다.

원장이 다가와 휴지를 건넸다.

"야, 울지 마. 우니까 못생겼다."

여고생은 울음을 뚝 그치고는 원장을 노려보았다. 그러고는 휴지로 코를 팽 풀었다. 맨손으로 휴지까지 받아주는 원장을 보니 둘의 관계가 어딘지 심상치 않아 보였다. 하지만 무슨 사이냐고 물어봤다간 분위기를 깰 것 같아서—여고생이 다시 울 것 같아서—입을 꾹 다물었다.

오후엔 남자 중학생이 엄마와 함께 미용실에 들어섰다. 중학생의 엄마는 원장의 단골인데, 새치 커버를 위해 자주 오는 손님이었다. 실장이 예의 펑거 앵글 아트를 펼쳐가며 커트를 마치자 중학생 엄마가 앞머리를 더 짧게 잘라달라고 주문을 했다.

중학생이 곧장 반항하고 나섰다.

"싫어! 애들이 촌스럽다고 놀린단 말이야."

엄마도 지지 않고 반격에 나섰다.

"촌스럽긴 뭐가 촌스러워!"

엄마는 실장을 향해 씩씩거리며 말했다.

"실장님, 눈썹 위까지 잘라주세요."

중학생이 엄마를 향해 씩씩대며 말했다.

"싫다고!"

"너 그럼 앞머리 자르러 맨날 올 거야? 하루가 무섭게 자라는데."

드디어 카운터에 있던 원장이 중재에 나섰다.

"그럼 오늘까지만 눈썹에 딱 맞추자. 애들이 놀린다잖아."

"아니, 촌스러운 게 왜 놀림감이야?"

중학생 엄마가 구시렁거리면서 실장에게 다시 요구했다. 좀 전보다는 차분해진 목소리였다.

"에휴, 그럼 눈썹에 맞춰서 잘라주세요."

원장이 중학생 엄마에게 구슬리듯 말했다.

"그리고 자기야, 이제 아들 혼자 좀 보내. 미용실 혼자 다녀도 될 나이잖아. 다음부터 혼자 와도 되지, 아들?"

중학생이 고개를 끄덕이더니 원장을 향해 어깨를 으쓱해 보였다. 원장이 중학생 엄마에게 쐐기를 박았다.

"다음엔 아들이 원하는 대로 자른다, 오케이?"

"아이고, 마음대로들 해!"

이미 누그러진 중학생 엄마가 부러 볼멘소리를 냈다. 실장이 다시 가위를 집어 들었다.

결혼도 안 한 미스 강원장님, 오늘은 럭키데이네요. 오전엔 딸이, 오후엔 아들이 다녀갔으니.

그리고 속으로 오늘은 눈썹데이! 하고 외쳤다.

설렁탕 vs 곰탕

며칠 동안 장미와 연락이 닿질 않았다. 장미의 핸드폰은 계속 꺼져 있었다. 장미는 내가 보낸 카톡들도 확인하지 않았다. 수십 개의 카톡을 단 한 개도 확인하지 않다니. 무슨 일이 생겨도 단단히 생긴 게 분명했다. 나는 장미가 핸드폰을 잃어버렸다는 잠정적 결론을 내렸다. 아니면, 죽었거나.

미용실이 쉬는 날인 화요일까지 기다렸다가 작정하고 아침에 고시원으로 찾아갔다. 한 청년이 고시원 로비를 걸레질하고 있었다. 슬렁슬렁하는 거로 보아 사장 아들이라는 고시원 총무가 틀림없었다. 청소는 장미가 한다고 했는데 어떻게 된 거지?

청년은 날 보더니 고시원에 입실하러 왔냐고 물었다. 짐작대로 청년은 총무였다. 나는 고개를 저으며 장미를 만나러 왔다고 했다. 총무는 갑자기 화들짝 반가워하면서 내게 장미 친구냐고 물었다. 곧바로 애인이라고 답하려다가 '우리끼리만 알고 있자'는 지난번 장미의 주문이 떠올라서 그렇다고 했다.

총무는 장미가 얼마 전 말도 없이 고시원을 나갔는데, 아무리 전화를 해도 안 받는다고 했다. 핸드폰도 꺼놓았다고. 그러면서 장미랑 연락이 되면 자기에게도 꼭 알려달라며 내게 전화번호를 남겼다. 총무는 입구까지 따라 나와 내 손에 막대사탕을 쥐여주며 신신당부를 했다. 어쩐지 대가성 뇌물 같아서 받기가 꺼려졌다. 게다가 장미랑 연락이 되면 알려주기도 싫었으므로 고시원에 괜히 왔다는 생각까지 들었다.

"그런데 장미한테 무슨 연락할 일이 있으세요?"

"뭘 훔쳐갔거든요. 장미 씨가 사라지고 나서 알게 됐어요."

믿을 수 없었다. 장미는 빌릴지언정 훔치진 않는다. 내가 아는 장미는. 그리고 갚지도 않는다.

"그게 뭔데요?"

"내 마음이요."

총무가 처연한 표정으로 고개를 숙이면서 자기 가슴을 어루만졌다. 웃고 싶은데 웃을 수가 없었다. 괜히 마음이 짠해

졌으니까. 아재 개그로 자신의 심정을 저렇게 효과적으로 전달할 수 있다니. 하지만 당신, 죽을 때까지 그 마음 돌려받을 수 없을 거야. 걘 남자를 한 번도 좋아해본 적이 없어.

장미 이 도둑년아, 자기 영역도 아닌 곳에 오줌을 싸놓고 달아나?

그 길로 장미가 다니는 노량진 학원 앞으로 찾아갔다. 학원 앞에서 장미가 나올 때까지 무작정 기다리는 수밖에 없었다. 수업을 마치고 장미가 나올 때까지.

교실의 불이 하나둘씩 꺼지면서 취준생, 공시생, 고시생들이 우수수 쏟아져 나왔다. 과연 이 많은 학생들 가운데서 장미를 찾을 수 있을까. 찜질방 한가운데 큰대자로 뻗어 있을 때도 엉뚱한 곳만 헤매고 다니던 내가.

하지만 그것은 기우였다. 수많은 학생들 가운데서 장미를 손쉽게 찾아냈으니까. 이것이 오늘 저녁 장미와 나의 운명이었으니까.

나는 장미에게 뛰다시피 다가갔다. 주변에 사람들이 없었다면 껴안을 기세로.

"장미야."

"어? 언제 왔어?"

장미는 당황하는 기색이 역력했다. 날 보면 반가워할 줄 알았는데.

"이렇게 갑자기 찾아오면 어떡해. 놀랐잖아."

장미가 내게 화를 낸 건 아니었다. 그렇다고 친절하지도 않았다. 장미의 표정은 한마디로 복잡해 보였다. 뭔가를 숨기려다 들킨 표정 같기도 했다. 그러나 내 마음은 이미 복잡해졌고 불편해져버렸다. 나는 무작정 찾아온 것을 후회하면서 장미에게 추궁하듯 물었다.

"핸드폰 잃어버렸니?"

"아니."

"근데 왜 꺼져 있어?"

"빚쟁이들한테 하도 연락이 와서 꺼버렸어."

"나도 빚쟁이야?"

"……."

나만의 촉수가 장미의 양심을 향해 뻗어 나갔다. 그러고는 맹렬히 더듬기 시작했다. 뭔가가 있다. 누군가가 있다. 장미는 분명 날 속이고 있다. 나는 오늘 이 사실을 꼭 알아내고야 말겠다.

"밥 먹으러 가자."

나는 장미의 손을 잡아끌었다. 어깨에 멘 가방이 무거워 보였지만 오늘은 들어줄 마음이 손톱만큼도 없었다.

"넌 나만 보면 뭘 못 먹여서 난리더라. 내가 무슨 돼지인 줄 아니?"

그러면서도 장미는 순순히 따라나섰다. 학원 식당가의 한 곰탕집으로 들어가 설렁탕 두 그릇을 시켰다. 전부터 우리는 곰탕집에서 설렁탕을 시켰다. 설렁탕집에선 곰탕을 시켰다. 남들이 산에 갈 땐 바다로 갔다. 바다에 갈 땐 숲으로 향했다. 여자에게만 반했다. 우리는 청개구리니까. 반항아니까. 소수자니까.

장미가 내 앞에 냅킨을 깔고는 그 위에 숟가락과 젓가락을 가지런히 놓아주며 물었다.

"설렁탕하고 곰탕하고 무슨 차이가 있는지 알아?"

벌써부터 눈물이 나오려 한다. 고작 내 앞에 수저를 놓아 주었을 뿐인데.

"설렁탕은 세 글자, 곰탕은 두 글자?"

내 대답에 장미가 피식 웃었다.

"설렁탕엔 국수가 나오고 곰탕엔 국수가 안 나와."

그랬구나. 전에는 몰랐는데. 평소에 눈으로 보고도 눈치도 못 챘네.

나는 집게와 가위를 들고 설치며 김치와 깍두기를 썰기 시작했다. 화가 풀리기 시작했으니까. 깍두기를 썰 때 가위에서 사각사각 대신 짤깍짤깍 소리가 났지만, 장미에게 집중하느라 신경도 안 쓰였다.

깍두기를 다 썰기도 전에 장미의 가방에서 핸드폰이 진동으로 울려댔다. 나는 진동음이 마음에 걸렸다. 나랑 있는데도 장미가 핸드폰을 켜놓았단 사실이.

"핸드폰은 언제 켠 거야?"

내 질문에 장미가 대수롭지 않은 듯 말했다.

"수업 마치고 나올 때."

나는 장미를 날카롭게 쨰려보며 신경질적으로 물었다.

"왜?"

"언제는 꺼놨다고 지랄, 이젠 켰다고 지랄이니? 핸드폰 끄고 켜는 것까지 일일이 너한테 보고해야 해?"

장미의 핸드폰이 계속 진동으로 울려댔다. 핸드폰의 진동음이 저렇게 시끄러웠나? 평소엔 귀로 듣고도 느끼지 못했는데.

장미는 액정에 뜬 번호를 확인하고는 핸드폰을 도로 가방에 처박았다.

"누구야?"

"빚쟁이."

나는 장미의 표정을 통해 전화한 사람이 빚쟁이가 아니라는 걸 눈치챘다. 핸드폰 액정화면에 뜬 'mon amour'란 발신자 표시가 이 사실을 확실히 뒷받침해주고 있지 않은가!

프랑스어로 써놓으면 모를 줄 알았나. 장미야, 이래 봬도 우리 엄마 사위가 프랑스 사람이라고.

장미에게 명령하듯 말했다.

"받아."

"싫어."

"받으라고!"

김이 모락모락 나는 설렁탕 두 그릇이 우리 앞에 놓였다. 나는 장미의 가방에서 핸드폰을 꺼내 장미 앞에 내밀었다.

"피하지 말고 받아서 확실하게 말해. 언제까지 갚겠다고 말해주라고."

"그걸 왜 네가 정하는데?"

"빚쟁이 아니잖아! 그 여자잖아! 그렇게 떳떳하면 내 앞에서 받아보라니까!"

장미는 곧장 내 앞에서 핸드폰을 설렁탕 그릇에 처박았다. 기다렸다는 듯 핸드폰의 진동음이 멈췄다.

"이제 됐지?"

나는 잽싸게 설렁탕에 처박힌 장미의 핸드폰을 꺼냈다. 그리고 식당에서 제공되는 물수건으로 핸드폰을 닦아서 장미에게 내밀었다. 장미에겐 핸드폰을 새로 살 돈이 없을 테니까. 결국, 내 지갑을 털어야 할 것이다.

설렁탕 안에 든 국수가 불어터지고 있었다. 나는 젓가락을 들고 국수를 먹으며 장미에게 명령했다.

"빨리 먹어. 안 그럼 국수가 국물을 다 잡아먹는다고."

장미가 기가 막힌 듯 나를 노려봤다.

"내가 개니? 네가 밥 먹으라 그러면 받아먹는 개야? 전화 오면 받고, 받지 마라 그러면 안 받는 하녀냐고!"

나는 젓가락을 테이블에 탁, 내려놓으며 말했다.

"개만도 못 해. 개는 적어도 자기감정에 솔직하지!"

장미가 주먹으로 테이블을 쾅! 내리쳤다. 테이블이 흔들리면서 설렁탕 그릇 안의 국물이 밖으로 흘러넘쳤다.

"내가 개만도 못 하다고? 솔직하지 못하다고? 내가 왜 커밍아웃했는지 말해줄까?"

'커밍아웃'이란 단어가 내 귀에 유난히 크게 들려왔다. 그동안 우리를 흘금대던 식당 안 사람들이 노골적으로 바라보며 수군대기 시작했다.

얼굴이 화끈거렸다. 당장 자리에서 일어나 카운터로 걸어가 먹지도 않은 설렁탕 두 개 값을 계산하고 사람들의 주목을 받으면서 나가는 게 상책일 것 같았지만, 그러고 싶진 않았다. 비겁해 보일 것 같았으니까. 그래서 고개를 숙이고는 눈을 감았다.

그렇게 눈을 감은 상태에서 조용히 장미에게 물었다.

"그 여자 때문이니?"

"……."

장미는 대답하지 않았다. 그래서 이번엔 눈을 뜬 상태에서 큰 소리로 물었다.

"그 여자 때문이야?"

"그래! 그 여자 때문에 집에서 쫓겨났어. 가족들한테 그 여자 떳떳하게 소개하고 인정받고 본격적으로 사귀려다 돌 맞았다, 어쩔래? 넌 나처럼 솔직하지도 못해서 너희 엄마한테 커밍아웃도 못 하지?"

식당 안의 그 누구도 우리에게 조용히 해달라고 요구하지 않았다. 종업원들조차 우리더러 나가라고 하지 않았다. 식사를 하는 중에, 식사를 끝내고도, 서빙을 하는 가운데서도 우리를 구경했다. 말릴 생각은 없는 듯 구경만. 불난 집을 구경하듯. 교통사고 현장을 구경하듯. 안타깝지만 흥미진진한 눈초리로.

장미가 말을 이어갔다.

"그 여자, 너 만나기 전부터 알던 사이야. 첫사랑이야. 그동안 여러 번 헤어졌어. 너무 힘들어서 내가 도망쳤어. 그런데 첫사랑이잖니."

장미가 내게 동조를 구하듯 말했다. 영화 〈휴먼 스테인〉에서 안소니 홉킨스가 동료에게 니콜 키드먼이 마지막 사랑이라고, 그러니 소중하지 않냐고 동조를 구했을 때처럼 간절하고도 절실한 눈빛으로.

마지막 사랑이라는 말에 무너졌던 내가 이젠 첫사랑이라는 말에 무너지고 있었다.

"너, 내 생일에 피곤하다고 곧바로 고시원 간 거 거짓말이지?"

"그날 네 생일이었어?"

"그 음악 소리 블루투스에서 나온 소리 아니지? 그 여자랑 카페에 있었지?"

"아니, 술집에 있었어."

"어떻게 그럴 수가 있어? 어떻게 날 배신할 수가 있어? 내 생일에 날 배신하고 딴 여잘 만나러 갈 수가 있냐고!"

"생일이라고 말하지 그랬어! 그럼 그날은 안 갔을 거 아냐!"

"그걸 말이라고. 그럼 다른 날은 가도 되냐? 도둑년아."

"뭐? 도둑년?"

"고시원 총무가 그러더라. 네가 자기 마음을 훔쳐갔다고."

장미는 기가 막힌 듯 픽 웃었다.

"미친 새끼. 나 그 새끼 때문에 고시원 나온 거야. 하도 귀찮게 해서. 너 고시원에도 갔었니?"

"넌 하라는 공부는 안 하고 왜 연애질만 하고 다녀? 왜 책임도 못 지면서 남의 가슴에 불만 싸지르고 다니냐고!"

"그게 왜 내 책임이야! 자기 마음대로 삽질한 새끼 잘못이지."

장미가 입술을 삐죽대며 덧붙였다.

"걸레질이나 똑바로 할 것이지."

"사장 아들인데 꼬셔보시지, 왜. 넌 야심이 있잖아. 다들 나랑 연애하다 불안해지면 소속감 핑계 대고 떠나가서 잘만 결혼하던데."

"으이구, 미친년. 말 되는 소릴 해라."

"너 지금 어디서 지내?"

"……"

"어디서 지내냐고?"

"……"

"그 여자네 집?"

장미가 마지못해 고개를 끄덕였다. 장미가 내 가슴을 찢고 있었다. 전에 찢었던 가슴을, 이제 겨우 아물어가는 가슴을 다시금 갈기갈기.

이제 물어서는 안 될 질문을 해야 한다. 피해갈 수도 없는 질문을.

"나랑 헤어지고 싶어?"

"……"

"그 여자랑 다시 시작하고 싶어?"

장미가 고개를 끄덕였다.

"우린 이미 헤어진 거야. 그 여자랑 다시 시작했으니까."

장미가 선전포고를 마치고 식당을 나섰다.

눈물이 볼을 타고 흘러내렸다. 우리가 어떻게 다시 만났는데. 얼마나 힘들게 다시 시작했는데.

너 혼자만 알고 있지 그랬니. 나 만나기 전에 알던 사이란 거, 첫사랑이란 거……, 너 혼자만 알고 있지 그랬어. 그 여자 집에 들어간 거, 다시 시작한 거……, 나한테 말하지 말고 너만 알고 있지 그랬어. 응? 내 마음이 이렇게 찢어질 줄 몰랐어? 몬 아모르, 난 네가 내 사랑인데, 넌 그 여자가 네 사랑이야?

두 줄기 눈물이 양 볼을 타고 사정없이 흘러내렸다.

장미가 두고 간 핸드폰이 다시 진동하기 시작했다. 설렁탕 안에서 사우나를 하고도 멀쩡하다니 끈질긴 생명력이었다. 주인을 닮은 핸드폰이었다.

액정화면을 확인하려는 순간 장미가 들어왔다. 핸드폰을 집어 들며 장미가 말했다. 다짐처럼. 혼잣말처럼.

"돈은 꼭 갚을게."

장미가 다시 식당을 나갔다. 장미의 애인에서 옛 애인으로, 옛 애인에서 빚쟁이로 전락하는 순간이었다. 나는 묵묵히 젓가락을 들었다.

이제 국수만 보면 장미가 떠오를 것이다. 설렁탕을 봐도 떠오를 것이고, 곰탕을 봐도 생각날 것이다.

이걸 어떻게 먹어. 이 불어 터진 걸. 차라리 곰탕을 시킬걸. 너랑 다시 시작하지 말걸.

집에 돌아오자마자 장미에게 복수를 감행했다. 이럴 땐 별다른 방법이 없지 않은가. 복수밖에는.

상상 속에서 나는 장미의 머리를 향해 복수의 가위를 꺼내 들었다.

장미야, 넌 가발 같은 거 필요 없어. 아무리 상상 속이지만 너한텐 가발값도 아까우니까.

나는 장미의 머리를 자르기 시작했다. 자르다 보니 욕심이 생겼다. 계속 자르고 싶다는 욕심. 끝까지 가보겠다는 욕심. 아예 삭발을 해버릴까? 그거 참 좋은 생각이야! 나는 상상 속에서 가위를 내려놓은 다음 바리캉을 집어 들었다. 그리고 장미의 머리를 다 밀어버렸다. 한 올도 남기지 않고 싹 다! 장미는 드디어 대머리가 되었다. 나는 바리캉을 내려놓고 나서 한동안 대머리가 된 장미를 감상했다.

드디어 해냈구나. 복수의 완성이야. 이제야 너와 헤어져도 되겠다는 결심이 서네. 네 머리를 보니 도무지 좋아할 수가 없다. 그런데…… 조금 귀엽다. 아니, 엄청 귀엽다. 대머리 장미. 그리고 슬프다. 아주 많이.

엄마가 잔치국수를 사 먹으러 가자며 내 방문을 두들겼다. 이 야밤에. 이제 나의 트라우마는 실험 쥐에서 국수로 바뀐 채 새 국면으로 접어들고 있었다.

버지니아 울프

도스토옙스키는 말했다. 누구든 집을 나서면 어디로든 가야 할 곳 하나쯤은 있어야 한다고. 그럼 그곳에 가야만 한다고. 나 역시 그랬다. 퇴근 후 미용실을 나서서 어디든 가야 했다. 불어 터진 국수 생각에서 벗어나기 위해서라도.

모자를 눌러쓰고 카페 울프에 갔다. 이제부터는 늑대를 만나야겠다고 결심했다. 여우라면 정말이지 지긋지긋했다.

"여기 늑대 없나요?"

내 질문에 카페 울프의 주인장 임시인 언니가 답했다. 지치지도 않고.

"그딴 건 없다니까. 울프는 버지니아 울프의 줄임말이야."

아, 맞다. 그랬지. 젠장.

카페 울프의 여우들이 날 보며 자기들끼리 소곤거렸다.

"미용사가 왜 맨날 머리를 저러고 다닌다니?"

주인장 언니의 타박이 이어졌다.

"피우리! 너 왜 맨날 똑같은 걸 물어? 치매야? 엊그제 마지모 정모엔 왜 안 나왔어? 그날 네 생일파티 해준댔잖아!"

아, 그랬었나? 중요한 거라면 뭐 하나 제대로 기억하는 법이 없다니까, 나란 인간은. 그래도 이 와중에 가장 궁금한 걸 물었다.

"케이크도 샀어요?"

"그럼."

"남았어요?"

"당연하지."

"한 조각만 주세요."

주인장 언니가 냉장고로 향했다. 언니가 냉동실을 열고 케이크 상자를 꺼내왔다.

"손도 안 댔어. 그대로 냉동실에 넣어놨거든. 너 오면 주려고."

나는 게걸스레 케이크 상자를 열었다. 식욕이 늑대처럼 솟구쳤으나 주인장 언니가 제지하고 나섰다.

"좀 이따 녹으면 먹어."

이럴 줄 알았으면 생일에 남은 와인을 들고 이리로 올걸. 그럼 그날 곧바로 케이크랑 함께 먹을 수 있었을 텐데.

"혹시 초 남은 거 있어요?"

"몇 개?"

나는 손가락을 세 개 펴 보이며 구시렁댔다.

"생일파티 해주려고 했다면서 몰라서 물어요?"

"별걸 따져. 그동안 나이를 더 먹었나 했지. 폭삭 늙어 보여서."

주인장 언니가 초 세 개를 들고 오더니 케이크에 푹 푹 푹 꽂았다. 그리고 케이크를 사면 덤으로 주는 성냥을 치익 그어 초에 불을 붙였다.

"와인은요?"

"늦게 온 주제에 찾을 건 다 찾네."

주인장 언니가 투덜거리며 와인 대신 샴페인을 가져왔다.

"옛다, 너 오면 주려고 냉장고에 넣어놨어."

카페 안에 있던 여우들이 케이크와 샴페인 냄새를 맡고서 하나둘 모여들었다.

펑! 주인장 언니가 샴페인을 터뜨렸다. 여우들이 우우, 합동으로 소리를 지르며 박수를 쳤다. 나는 촛불 세 개를 입으로 후, 불어서 껐다. 케이크에 촛불에 샴페인까지, 늦었지만 참 근사한 서른 살 생일이었다. 샴페인을 마시고 취하기 전까진.

나는 샴페인에 취해 엉엉 울기 시작했다. 냉동 케이크와 샴페인이 얼마 전 먹다 만 국수 가닥과 함께 뱃속에서 사정없이 올라오는 것 같았다.

주인장 언니가 혀를 쯧, 찼다.

"왜 울어?"

"취해서요."

"그거 마셨다고 취해?"

"제가 등신이거든요. 엉엉."

"너 슬프구나?"

"네. 취하니까 슬퍼요. 엉엉."

"샴페인 한 잔에 취해서 슬프다고 우는 앤 세상에 너밖에 없을 거다."

"그러니까 등신이죠. 같은 애인한테 두 번이나 차이는 등신은 세상천지에 나밖에 없을걸요."

"무슨 소리니, 세상천지가 다 등신인데. 저기도 등신 하나 있네."

주인장 언니가 맞은편 테이블에서 시 낭송을 하고 있는 여우 한 마리를 가리켰다.

원하는 게 있다면 원하지 마라.
바라는 게 있다면 바라지 마라.
꿈꾸는 게 있다면 꿈꾸지 마라.
그러면 언젠간 이루어지리니.

여우가 시 낭송을 마쳤다. 나는 카페가 떠나가라 울었다.
"저렇게 등신 같은 시는 처음이야."
주인장 언니가 푸하하, 웃음을 터뜨렸다.
"내가 쓴 건데, 그럼 나도 등신이네?"
"너무 슬퍼요, 임시인. 다신 저런 시 쓰지 마요. 슬프니까 죽고 싶잖아. 엉엉엉."
"안 돼. 죽는 건 안 돼. 여기선 육갑 칠갑 팔갑 다 떨어도 되지만, 그거 하나만은 안 돼. 등신짓도 살아 있어야 할 수 있는 거잖아? 안 그래?"
주인장 언니가 카페 책꽂이 지정 칸에 꽂혀 있는 《자기만의 방》을 꺼내와 한 대목을 낭송하기 시작했다. 여우들이 다시금 주인장 언니에게 쪼르르 모여들었다.

노래하라, 아주 친한 친구들한테만. 그리고 그대의 슬픔에게만.

카페 울프가 영업을 마칠 때까지 나는 다시금 카페 안이
떠나가라 울어댔다.

오늘도 화창한 날씨

퇴근 후 곧바로 집에 왔다. 현관에 들어서니 저녁노을이 내려앉은 실내가 너무 환해서 대낮 같았다. 이 시간에 집에 올 생각을 하다니 분명 뭐가 잘못된 거다. 그러니까 내가.

마침 엄마가 저녁을 차려놓고 날 기다리고 있었다. 내가 언제 올지 몰라 된장찌개를 가스레인지에 올렸다 내리기를 수차례 반복하면서. 그때마다 조금씩 줄어든 된장찌개에 물을 조금씩 부어가면서. 내가 오기만을 애타게.

잠시 속았는지? 맞다. 이건 꿈이다. 내가 내 맘대로 꾸는 꿈. 현실은 아직 엄마가 귀가하기 전이다. 날씨가 너무 좋아서 우산도 양산도 필요 없는 날, 엄마는 내게 이런 문자를 보낸다.

—오늘 날씨 화창. 우산도 양산도 필요 없음.

그래, 오늘이 바로 그날이다. 날씨가 너무나도 화창한 날. 엄마가 내게 이런 문자를 보내온 날. 요즘의 내 기분 상태야 맑은 날씨도 궂은 날씨도 느끼지 못하는 날들의 연속이지만, 그래도 엄마의 일기예보 사랑은 지속되고 있지 않은가.

저녁을 먹고 설거지 거리를 싱크대에 쌓아둔 채 께느른하게 소파 위로 널브러졌다. 티브이를 보려고 리모컨을 집었는데 알고 보니 핸드폰이었다. 정말 되는 일이 하나도 없네.

순간 엄마가 현관문을 열고 거실로 들어섰다. 우산도 양산도 없이.

"어디 갔다 와?"

"거기서 뭐 하니?"

"핸드폰 보잖아."

"안 보면 꺼. 이리 와, 얘기 좀 하자."

핸드폰 안 보는 거 어떻게 알았지? 엄마는 나에 대해 별걸 다 안다. 중요한 건 하나도 모르면서.

식탁 앞에 엄마와 마주 보고 앉았다. 식탁 위엔 된장찌개 대신 플라스틱 우유병 안에 장미꽃 한 송이가 꽂혀 있었다.

누가 꽃을 여기다 꽂아, 엄마밖에 더 있나. 아무렴. 꽃집 아르바이트생 출신인데. 장미가 떠올라 당장 치워버리고 싶었지만 참았다. 엄마에게 설명을 하려면 복잡해질 테니까.

엄마가 장미꽃을 바라보며 말했다.

"나 오늘 남산 갔다 왔다."

"남산은 왜? 케이블카 타러?"

"거기 진주네가 살잖아."

"진주가 누구야?"

"애 좀 봐라. 프랑스 남자랑 결혼한 딸이 진주잖아. 내가 말 안 했니?"

아, 가짜 딸 이름이 진주였구나. 에메랄드 눈빛을 한 달걀 귀신의 엄마 이름이.

"그렇다 치고. 거긴 왜 갔어?"

엄마가 내 눈치를 보기 시작했다. 평소엔 내가 엄마 눈치를 볼 때가 많지만, 이럴 땐 엄마가 내 눈치를 본다. 뭔가 하기 힘든 말을 꺼내야 할 땐.

"낼모레 진주 시부모님이 프랑스로 돌아가시거든. 돌잔치 끝나서. 가기 전에 식사 한번 하자 그래서 만나고 오는 길이야. 케이블카도 같이 타긴 탔지."

얼씨구, 잘들 노셨네. 화창한 날씨에.

"시부모님들이 아주 세련된 사람들이야. 정도 많고. 아들보다 며느리 걱정을 더 많이 해. 외국인이랑 결혼해서 힘들까 봐."

"그렇다 쳐. 그래서?"

엄마는 마치 자신의 꿈을 향해 한 발짝 다가선 사람처럼 달떠 보였다.

"그래서 오늘 나한테 부탁하더라. 딸네랑 같이 살면 안 되냐고. 사실 진주가 어릴 때 부모를 잃어서 피붙이라곤 아무도 없는 애거든. 이제 서른둘이니까 네 언니뻘이네."

머릿속에서 천둥 번개가 쳤다. 나, 서른에 엄마한테 버림받는 거야? 아빠도 여읜 마당에?

"······가짜 딸하고 사위는 뭐래?"

"걔들이야 무조건 오케이지. 나만 좋다면."

달걀귀신도 온몸으로 좋아하겠네. 이제 겨우 돌이 지나서 말은 못 해도.

"시부모한텐 뭐라고 답했는데?"

"생각해보겠다고 했어. 너랑 상의도 해야 하고······."

말은 그렇게 하면서도 엄마의 표정으로 보아 마음은 이미 그 집에 가 있는 것 같았다.

"우리야, 네 생각은 어떠냐?"

"차라리 그 집에서 도우미를 해. 그게 더 자연스러워."

"뭐? 이것아, 넌 내가 남들하고 잘 지내는 게 그렇게도 배 아프니?"

"가끔 만나는 게 아니잖아. 아예 살러 가는 거잖아!"

"너도 네 아빠 닮아가니? 내가 하고 싶은 거 하는 게 그렇 게도 못마땅해? 난 이제 누가 나 하고 싶은 거 못 하게 하는 꼴 못 봐."

엄마가 안방으로 들어가면서 문을 쾅 닫았다. 나는 닫힌 문에 대고 소리를 질렀다.

"천안에서 결혼한 딸은 아직 임신 소식 없대? 그 여잔 내 언니야? 동생이야?"

나도 내 방으로 들어오면서 문을 쾅 닫았다.

밤새 뒤척이다 겨우 잠이 들었다. 그마저도 꿈이 괴롭힌 잠이었다. 꿈에 엄마가 나타나 짐을 싸서 집을 나가고 있었 다. 나는 엄마를 붙들고 애원했다.

"엄마, 정신 차려. 엄마 진짜 딸은 여기 있어. 엄마 딸은 프 랑스 남자랑 결혼한 진주가 아니라 레즈비언 피우리라고."

엄마는 이미 알고 있었다는 듯 싸늘한 표정으로 말했다.

"너 혼자만 알고 있지 그랬니? 그럼 나 진주네 간다. 어차피 넌 결혼도 안 할 거잖아. 아이도 안 낳을 거고."

한복을 곱게 차려입은 엄마가 여행 가방을 끌고 현관을 나섰다. 엄마를 붙잡으려고 손을 뻗는데 손이 움직이질 않았다. 엄마를 잡으려고 따라가는데 발도 움직이질 않았다. 밤새 악몽에 시달리다 잠에서 깼다.

거실로 나와보니 엄마가 소파에 누워 자고 있었다. 티브이를 켜놓은 채로. 나는 소파 밑에 떨어져 있는 리모컨을 집어 티브이를 끈 다음 거실 바닥을 나뒹구는 소주병을 치우고 나서 미용실로 출근했다. 출근하자마자 엄마에게 문자를 보냈다.

―엄마 하고 싶은 대로 해. 엄마 인생이잖아.

엄마에게 다음의 문자가 먼저 와 있었다.

―오늘도 화창한 날씨. 야외 활동하기 좋음.

고통의 분류

영화 〈휴먼 스테인〉에서 청소부 니콜 키드먼은 고통에 대해서 이렇게 말한다. 계부한테 강간당할 뻔하고 남편한테 쇠파이프로 얻어맞고 애들이 불에 타 죽는 것. 그런 게 고통이라고.

〈패션 피시〉란 영화에서는 고통을 이렇게 이야기한다. 집에서 무면허 시술자에게 임신중절수술을 받는 것. 불법이라마취 주사도 없이. 그게 바로 고통이라고.

No pain, No gain.

고통 없이는 얻어지는 게 없다. 누가 내게 전 세계 속담을 통틀어서 가장 싫어하는 것을 하나만 꼽으라고 한다면 제일 먼저 이 문장을 꼽을 것이다. 무언가를 얻기 위해선 꼭 고통을 당해야만 한다는 게 삶의 진리인 양 떠들어대는 것 같아서.

고통이라는 그토록 혹독한 대가를 치른 뒤에야 비로소 우리에게 무언가를 돌려주는 것일까. 그런 고통을 통해 우리가 얻게 되는 건 무엇일까. 우리에게 남겨지는 것은.

어린 시절, 나는 부모님의 부부싸움을 피해 벽장 속으로 자주 숨어들었다. 나는 부모님이 싸우는 소리를 듣지 않으려고 벽장 속에서 두 손으로 귀를 막다가 잠이 들곤 했다. 부모님의 싸움 소리, 너무나도 시끄러웠던 소리, 귀를 틀어막아도 들려오던 그 소리가 내겐 견디기 힘든 고통이었으니까. 그러나 시끄러운 소리보다도 더 무서웠던 건 부모님이 싸운다는 사실 그 자체였다.

부모님은 그들 각자의 꿈 때문에 싸웠다. 해결되지도 않고 이루어지지도 않으면서 날마다 커져만 가던 꿈. 계절이 바뀌어도 녹기는커녕 눈덩이처럼 불어나 아예 골칫거리가 되어버린 야심 덩어리가 바로 부모님의 고통이었다.

아빠는 영화 일과 생계를 병행하느라 야심에 다가가는 속도가 점점 늦춰졌고(감독 데뷔가 늦어졌고), 엄마는 의처증에

매사 간섭이 심한 아빠 때문에 배우의 꿈을 포기해야 했다. 그러면서 나 때문에 이혼도 못 하겠다며 싸우는 소리를 벽장 속에서 들을 때마다 내 야심은 한없이 작아지길 원했고 작아 져갔다.

야심을 버려라.
천사도 그 죄로 추락하는데
하느님의 초상에 불과한 인간이
어떻게 야심으로 성공하기를 바라겠느냐?

셰익스피어의 《헨리 8세》에 나오는 대사를 떠올리면서 자신에게 이렇게 질문한다. 내가 이 시절에 겪은 고통을 통해 얻은 건 무엇이냐고. 그리고 자신 있게 답한다. 얻은 건 아무 것도 없다고.

으음, 그래도 애써 갖다 붙이자면 고통을 분류할 수 있는 기술 정도랄까?

세상엔 제거할 수 있는 고통과 제거할 수 없는 고통이 있다. 노력으로 제거되는 고통과 아무리 노력해도 사라지지 않는 고통이 있다. 나는 부모님의 고통이 노력으로 제거 가능한 고통이었다고 생각한다. 그들의 고통은 한낱 야심 때문이었으니까.

혹시 지금 야심 때문에 고통받고 있는지? 만약 야심보다 고통이 크다면, 그렇다면 야심을 땅에 잠시 내려놓으라. 그리고 바로 가까이서 들려오는 소리에 가만히 귀를 기울여보라. 그러면 누군가가 당신의 귓가에 간절하게 속삭이는 소리를 듣게 될 것이다. 벽장에 숨어서 울고 있는 아이의 울음소리를 들을 수 있을지도 모른다.

당신은 아이를 달래기 위해 아이에게 당장 하고 싶은 일이 뭐냐고 묻게 될 것이고, 당신의 질문에 아이는 울음을 그치곤 산책이라 대답하는 소리를 듣게 될 것이다. 그러면 그날은 싸움을 멈추고 산책을 나가게 될 것이다.

귀를 기울였을 때 들려오는 소리는 마음의 소리이고, 마음의 소리에 귀를 기울일 줄 아는 자는 야심을 내려놓고 벽장 속의 아이를 찾아내 기꺼이 함께 산책을 나갈 수 있는 사람이니까.

어린 시절 내가 원하던 풍경은 이것이었다. 이게 바로 그시절 나의 꿈이자 야망이었다. 가족과의 산책. 가족과의 단란한 한때. 이것은 부모님의 노력으로 실현될 수 있는 꿈이었으며, 부모님의 노력으로 제거가 가능했던 고통이었다. 하지만 그들은 그렇게 하지 않았다. 〈휴먼 스테인〉의 청소부 니콜 키드먼의 고통은 제거 불가능한 고통이었지만 말이다.

상상해보라. 불에 타 죽어가는 아이가 몸이 너무 뜨겁다고 살려달라고 당신 귀에 대고 외쳐댄다면 어떻겠는가? 불에 타 죽은 아이가 영혼이 너무 뜨겁다고, 고통스럽다고 당신 귀에 대고 소리를 지른다면? 평생 그 소리가 당신의 귓전을 맴돌지 않겠는가? 당신을 고통스럽게 따라다니면서 괴롭히지 않겠는가?

그럼에도 나는 감히 이렇게 말해본다. 고통을 제거하는 건 불가능해도 치유는 가능하지 않겠냐고. 그리고 그 방법을 생각해본다. 어떤 처방전이 가장 효과적일지.

니콜 키드먼이 치유의 방법으로 선택한 처방 약은 의외로 단순명쾌한데, 바로 사랑이다. 그래서 나 역시 그녀를 따라 사랑이란 걸 믿고 싶어진다.

사랑의 불가능함을 믿는 사람들 속에서, 사랑을 믿지 않는 사람들 가운데서 나는 사랑이란 걸 믿어보고 싶다. 달이 두 개라고 주장하는 사람들 속에서, 달이 어디에 떠 있냐고 묻는 사람들 가운데서, 달의 존재를 믿지 않는 사람들 속에서 사랑이란 존재하는 것임을 말해주고 싶다. 손가락으로 달 대신 야심을 가리키는 사람을 향해.

　도저히 제거할 수 없는 고통을 온몸으로 끌어안고 살면서, 자신을 마지막 사랑이라 부르는 사내를 향해 온몸을 내던지는 가녀린 청소부 때문에, 보름달이 떠오르는 이 저녁 나는 또 한 번 사랑을 믿어보려는 것이다.

세 가지 질문

퇴근길이었다. 샴푸에서 비질까지, 소품에서 비품까지 정리정돈을 마치고 내가 제일 마지막으로 미용실을 나섰다. 숨바꼭질에 미련이 남은 직원이 자신을 찾을 때까지 어딘가에 몰래 숨어 있는 게 아니라면 말이다. 벽장 속은 아니었으면 좋겠는데. 거기 숨어 있는 일이 생각보단 힘들고 외로운 일이라서.

출입문이 제대로 잠겼는지 최종적으로 확인하고 있는데 뒤에서 누가 내 이름을 불렀다.

"피우리 씨."

이 시간에 날 부르는 이가 누굴까? 형사? 내가 왜 이런 생각을 하고 있지? 죄지은 것도 없는데. 그러면서도 내심 불안한 심정으로 뒤를 돌아보았다. Y대 영문과 대학원생이었다.

대학원생이 내게 천천히 다가오고 있었다. 달을 등지고 있어서 나를 향해 걸어오는 모습이 마치 달밤에 체조하는 것처럼 보였다.

어우, 깜짝이야. 당신은 뭐라고 불러줄까? 달밤체조 귀신?

"여기서 뭐 하세요?"

"기다렸어요. 우리 씨 퇴근할 때까지. 항상 이렇게 늦은 시간에 퇴근해요?"

"대체로 그런 편이죠. 근데 내 이름은 어떻게 알아요?"

"늘 붙이고 다니잖아요. 여기에다."

대학원생이 자신의 가슴께를 가리켰다. 미용실에서 입는 내 유니폼에 붙어 있는 이름표를 보고 알게 된 모양이었다.

"혹시 예명이에요? 원장님이 지어주신 이름?"

"그럴 리가요. 부모님이 지어주셨어요."

나는 대답을 하면서 대학원생을 바라보았다. 그의 가슴팍엔 늘 끼고 다니던 원서《휴먼 스테인》은 보이지 않았다.

"근데 왜 날 기다렸어요?"

"궁금한 게 있어서요. 세 가지만 물어볼게요."

"세 가지나요?"

대학원생이 피식 웃으며 고개를 끄덕였다. 저 미소의 의미는 뭘까? 톨스토이의 동화에 나오는 '세 가지 질문'이라도 하려는 건가?

첫째, (나에게) 가장 중요한 때는 언제인가? 둘째, (나에게) 가장 중요한 사람은 누구인가? 셋째, (나에게) 가장 중요한 일은 무엇인가? 이렇게? 정답은 이미 동화책에 나와 있을 텐데? 만일 대학원생이 그 책을 읽었다면 말이다.

"한꺼번에요? 한 번에 하나씩요?"

내 질문에 대학원생이 좀 전보다 더 크게 웃었다. 의미 있는 질문인데 웃다니, 긴장하고 있는 게 틀림없어.

"한꺼번에."

그럼 그렇지. 떨리니까 한꺼번에 해치우려는 것이다.

"첫째, 좋아해도 되나요? 둘째, 다음 달에 군대 가는데 면회 와줄 수 있어요? 셋째, 오늘 밤에 나랑 데이트할 수 있어요?"

"첫째, 안 돼요. 둘째, 못 가요. 셋째, 아니요."

나는 한꺼번에 세 가지 질문에 답했다. 떨리진 않았다. 세 가지 질문 모두 내 관심사가 아니었으니까.

"어떻게 일 초도 고민을 안 해보고 그렇게 곧바로 답할 수 있죠?"

"너무 당연하니까요."

만일 그가 톨스토이의 동화에 나오는 '세 가지 질문'과 똑같은 질문을 던졌다 해도 나는 이렇게 대답했을 것이다. 첫째, (바로 지금) 이 순간이라고 답할 수 없어요. 둘째, (지금 나와 함께 있는) 당신이라고 말할 수 없어요. 셋째, (지금 내 곁에 있는) 당신을 위해 해줄 수 있는 일이 없어요, 라고 말이다.

대학원생이 내 대답에 조금은 상심한 듯, 그러나 아직까진 괜찮다는 표정으로 말했다.

"내가 우리 씨를 좋아하면 안 되는 이유를 세 가지만 대봐요. 날 설득하면 포기할게요."

나는 일 초도 생각을 안 하고 바로 답했다.

"첫째, 당신은 대학원생이고, 난 보조 미용사잖아요."

"그게 뭐가 중요해요?"

"둘째, 당신은《휴먼 스테인》을 원서로 읽잖아요. 난 못 읽어요."

"그게 어때서요."

"셋째, 당신은 이성애자잖아요. 난 레즈비언이에요."

"……!"(헉, 충격이네.)

"…….."(뭘 이런 걸 가지고.)

그가 여전히 충격에서 빠져나오지 못한 표정으로 말했다.

"잘 알겠습니다. 솔직하게 말해줘서 고마워요."

그가 정중하게 인사를 하고 돌아섰다. 그는 포기가 빠른 사람이었다. 세 가지 질문을 한꺼번에 하는 걸 보면 성격도 급한 사람임에 틀림없다.

나 역시 돌아서 가려는데 그가 나를 불러세웠다.

"우리 씨, 잠시만요."

"네?"

"커트 좀 해주실래요?"

"오늘은 영업이 끝났는데요. 그리고 전 보조 미용사라."

"어차피 군대 가기 전에 자르려 했는데 우리 씨가 해주면 좋겠어요. 물론 커트비는 지불하겠습니다."

나는 그 자리에서 순순히 수락하고야 말았다. 머리에 관한 부탁이라면 웬만해선 거절하지 않으므로.

"그냥 잘라드릴게요. 제가 요즘 펑거 앵글을 연구하고 있거든요. 대신 맘에 안 들어도 원망하기 없기."

그가 큰 각도로 고개를 끄덕였다. 그렇게 피우리 미용실의 문은 다시 열렸고, 이날 퇴근 후 나의 저녁 시간은 그의 머리를 상대로 펑거 앵글을 실험하는 데 온전히 바쳐졌다.

그의 머리를 자르며 핑거 아트를 마음껏 펼치는 동안 그는 내게 구구절절한 이야기를 펼쳐놓았다. 실장이 싫어하는 옛날 방식이지만 뭐 어떤가. 이게 바로 피우리 방식인 거지.

그는 얼마 전에 할아버지가 돌아가셨다고 했다. 할아버지에게 미용실에 짝사랑하는 아가씨가 있다는 고백을 했었다고. 그런데 어느 날 할아버지가 미용실에 다녀오시더니 아가씨가 셋이나 되더라며 누군지 맞혀보겠다 하셨다고. 셋 중 누가 자기 손자의 짝사랑 상대인지 말이다.

퍼즐이 맞춰지는 순간이었다. 영정사진 할아버지. 결국…… 돌아가셨구나. 그가 손자였다니.

나는 잠시 손놀림을 멈추고 마음속으로 할아버지를 애도하는 시간을 가졌다.

그런데 할아버지가 지목한 상대가 누구였냐고? 으음…… 그건 좀 의외다. 바로 나니까. 할아버지는 내 샴푸와 두피 마사지 솜씨를 칭찬하셨다고 한다. 손끝에서 무슨 마법을 부린 것처럼 아주 야무지고 시원했다나. 만일 우리가 사귀게 되면 까까 사 먹으라고 용돈까지 주셨다고. 아아, 할아버지에게 커밍아웃을 했어야 했나.

만일 그때 그가 내게 톨스토이의 '세 가지 질문'을 던졌다면 나는 자신 있게 답했을 것이다. 첫째, 지금 이 순간이 가장 중요한 때이고, 둘째, 지금 내 옆에 있는 당신이 가장 소중하고, 셋째, 지금 이 일이 가장 중요한 일이라고.

그런데 나, 괜히 말한 걸까? '들키지 말자'란 평소 내 좌우명을 자진해서 깨버렸잖아. 아직 엄마도 모르는데. 젠장.

임시인

    카페 울프로 갔다. 여우를 만나러. 역시 나는 여우 체질임을 절감하면서 이제 다시는 카페 울프에서 늑대를 찾지 않으리라 다짐하며 집에서 버스로 세 정거장이나 되는 길을 걸어서 갔다.

    예나 지금이나 늑대는 나의 정신적·육체적 정체성이 지향하는 세계에 포함되어 있지 않은 데다, 예나 지금이나 나는 현재에 충실한 인간이자 오로지 현실 지향적인 인간이기에 여우에만 정신을 집중하면서 걸어갔다(걷다 보니 별로 멀지도 않네).

    카페 울프에 도착하자 때마침 여우 한 마리가 날 기다리며 앉아 있었다. 생김새로 보나 자태로 보나 내겐 너무 과분한 여우 한 마리였다. 꿈에서나 그려보던 나의 이상형, 배우 임청하였다. 아니, 임시인 언니였다.

　카페 울프의 주인장 임시인 언니가 임청하 코스프레를 하고 있었다. 영화 〈중경삼림〉에 나왔던 배우 임청하처럼 마릴린 먼로 헤어스타일의 가발을 쓰고 선글라스를 끼고 레인코트를 입고서 말이다.

　이 느낌을 뭐라고 표현해야 할까. 이 순간을 어떻게 기록해야 할까. 나는 첫눈에 반했던 배우에게 또다시 첫눈에 반했다. 그리고 그 자리에서 또다시 사랑에 빠졌다, 라고? 아니면, 나는 첫눈에 반했던 배우 코스프레 중인 그녀에게 첫눈에 반했다. 그리고 그 자리에서 사랑에 빠졌다, 라고?

　이제 곧 그녀에게 이렇게 물어야 하리라. 왜 늘 그런 차림을 하고 다니느냐고. 그러면 이런 대답이 돌아오리라. 언제 비가 올지 또는 해가 날지 모르기 때문이라고.

　나는 배우 임청하, 아니 임시인 언니 앞에 요란스레 철퍼덕 소리를 내면서 앉았다. 안 그러면 내 심장이 쿵 하는 소리를 들킬 것 같았으므로.

　"나 기다렸어요?"

　"아니."

　아, 그럼 다시 써야겠네.

카페 울프에서 〈중경삼림〉에 나왔던 배우 임청하 코스프레 중인 임시인 언니가 날 기다리지 않는 상태로 앉아 있었다. 나는 레인코트를 입고 선글라스를 끼고 마릴린 먼로 가발을 쓰고 앉아 있는 배우 임청하를 닮은 임시인 언니에게 반하지 않을 이유가 없었다. 이런 질문을 하지 않을 이유도 없었다.

"차라리 우산 겸 양산을 들고 다니지 그래요?"

그러면 이런 대답이 돌아오지 않을 이유도 없었다.

(무릎을 치며) "그거 좋은 생각이네."

하지만 나는 이유 있는 질문보다 현실적인 질문을 택했다.

"왜 그러고 앉아 있어요?"

임시인 언니가 답했다.

"쉬고 싶어서."

아, 〈중경삼림〉에서 임청하도 그랬지. 쉬고 싶다고. 꿈에서나마 만나길 꿈꾸었지만 꿈에서조차 만날 수 없었던 배우. 〈중경삼림〉을 본 그날부터 배우 임청하에 대해 정신적 순결을 지키기로 맹세한 나는 그 뒤로 다른 배우와 사랑에 빠지는 일은 없었다.

임청하의 은퇴작 〈중경삼림〉을 최고작으로 여겼기에 그

날 이후 그녀의 이전 작품을 찾아보는 일도 없었다. 영화 속에서 그녀가 쉬고 싶다는 대사를 내뱉었을 땐 차라리 스크린을 찢고 들어가 내 어깨라도 내어주고 싶은 심정이었다.

그래서 이 영화로 그녀가 은퇴 선언을 한 걸까? 그것 때문에 그녀는 이 영화에 출연하고 난 뒤 쉬고 싶어진 걸까? 감독이 〈동사서독〉이란 영화를 찍다가 너무 힘들어서 잠시 쉬는 동안 만들었다는 영화여서? 감독이 쉬는 동안 만든 영화에 배우로 출연한 뒤 쉬고 싶어졌다니. 휴식 같은 영화를 찍고 나서 휴식을 취하고자 은퇴를 선언한 이 배우, 이래저래 매력적인 배우가 아닐 수 없다.

나는 대수롭지 않은 양 언니에게 물었다. 동시에 어깨를 으쓱하면서.

"그럼 내 어깨에 기댈래요?"(기대서 쉴래요?)

순간 임시인 언니가 움찔했다(분명 그렇게 느껴졌다). 하지만 언니도 대수롭지 않은 척 답했다.

"그 좁은 어깨에 기댈 데가 어딨다고."

나는 그제야 언니를 불렀다. 언니의 이름을.

"임시인."

"왜?"

"나 임시인 좋아해도 되나요?"

나는 이미 반해버린 사람한테 이런 질문을 던지지 않을 이유가 없었다. 대수롭지 않은 척해도 언니는 분명 움찔하고 있었으니까. 움찔한 나머지 대답도 못 하고 있었으니까.

"좋아해도 되냐고요?"

"부담스러운데."

"조금은 괜찮죠? 조금 정도는."

"그래도 부담스러워."

"그럼 요만큼은 어때요? 손톱만큼은?"

나는 내 손톱을 언니의 코앞에 내보였다. 손톱의 자르지 않은 흰 부분을. 언니는 대답하지 않았다. 아마도 내 손톱이 너무 짧아서 실망한 모양이었다. 나는 계속해서 언니를 다그쳤다.

"네? 임시인?"

"내 이름 좀 그만 불러. 지겹지도 않아?"

"아니요. 난 자꾸만 부르고 싶은데요. 임시인?"

드디어 언니가 꽥 소리를 질렀다.

"그만 부르라고! 누가 들으면 나 임신한 줄 알겠다고!"

"피이, 그러게 누가 임청하 닮으래."

내가 언니의 이름을 부르기 전까지 언니는 나에게 그저 카페 울프 주인장 언니에 불과했다. 그러나 이름을 부르고 나자 임시인 언니에 대한 내 마음은 배우 임청하에게 했던 맹세와도 같아져서 지켜야겠단 결심과 지킬 수 있단 자신감이 동시에 생겨났다. 내가 왜 '마음을 지키려는 여우들 모임' 카페에 가입했겠어. 마음을 지키기 위해서지.

임시인 언니가 날 떠보듯 물었다.

"피우리! 너 내가 임시인이라서 좋아? 임청하 닮아서 좋아?"

"그야 당연히……."

나는 손톱을 물어뜯으며 답했다. 손톱의 자르지 않은 흰 부분을.

"둘 다죠."

임시인 언니가 매몰차게 말했다.

"잘 가."

언니가 자리에서 일어나 주방으로 사라졌다. 내게 이렇게 차갑게 구는 건 그나마 짧은 손톱마저 언니가 보는 데서 물어뜯어 속상해서 그랬을 것이다(라고 믿고 싶다).

예전에 '마지모' 오프 모임에서 임시인 언니더러 레즈비언이냐고 물어봤을 때 대답을 해주었는데 뭐라고 했는지 아무리 생각해봐도 기억이 안 난다. 난 언제나 중요한 걸 까먹는다니까. 젠장.

다음에 다시 와서 물어봐야지. 임시인 언니는 친절하니까. 똑같은 질문에도 지치는 법이 없으니까.

날달걀

엄마가 남산에 들어간 날이다. 오늘부터 나만의 방이 생기는 날이다. 거실에도 주방에도 안방에도 엄마가 없는 온전한 자기만의 방.

작별의식은 어제 미리 치러두었다. 나의 제안으로 어제 퇴근 후에 엄마와 외식을 한 것이다. 엄마가 좋아하는 무한 리필 참치집에서 엄마가 쐈다. 역시 나의 제안으로.

평소엔 소주 한 병도 힘들어하는 엄마가 무한 리필을 핑계로 두 병이나 마셨다. 그리고 집에 돌아와 소주 냄새를 집 안 곳곳에 풀풀 풍겨가며 짐을 쌌다. 나는 내 방으로 잽싸게 들어와 일찌감치 잠을 청했지만, 엄마가 밤새도록 우당탕 요란하게 짐을 싸는 바람에 뜬눈으로 밤을 새우고 말았다.

출근해서 온종일 비몽사몽 근무를 했다. 근무에 태만했다는 뜻은 아니다. 속도가 좀 더뎠을 뿐. 오전엔 새치 커버를 하러 온 중학생 엄마가 내게 샴푸 속도가 평소와 좀 다르게 느껴진다는 날카로운 지적을 했다. 그러면서 지금이 더 좋으니 앞으로도 이렇게 해달라고.

퇴근 무렵 실장이 내게 뭔가 볼일이 있다는 표정으로 다가왔다. 그러나 아무 말도 하지 않아서 내가 먼저 물었다.

"무슨 일 있으세요?"

"요즘 대학원생이 통 안 오네. 우리 씨는 왜 그런지 알아?"

"군대 간 거 아닐까요?"

"그걸 우리 씨가 어떻게 알아?"

"제가 그걸 어떻게 알겠어요. 그냥 넘겨짚은 거죠."

더 이상의 답변은 대학원생의 프라이버시를 위해 생략. 이번만큼은 정말 '들키지 말자'. 실장은 더 이상의 질문을 포기하고 그냥 퇴근했다.

평소처럼 내가 제일 마지막으로 미용실 문을 닫고 나서 퇴근을 했다. 배에서 꼬르륵 소리가 났다. 자기만의 방으로 돌아가면 제일 먼저 라면부터 끓여 먹어야 할 처지였다.

오늘부터 나만 기다리는 집 앞에 도착해서 비밀번호를 누르고 현관문을 열었다. 맛있는 냄새가 온 집 안에 진동하고 있었다. 치이익 하는 기차 소리와 함께.

남의 집 문을 연 줄 알고 슬그머니 도로 닫으려는데, 갑자기 남의 집 비밀번호가 우리 집과 똑같을 리가 없다는 생각이 들었다. 그러므로 우리 집이 확실했다. 나는 용기를 내어 거실로 들어섰다.

"우리 왔니?"

평소와 달리 다정한 저 음성은 오늘 남산으로 자기만의 행복을 찾아 떠난 엄마의 목소리일 리가 없었다. 나는 목소리의 주인공을 바라보았다. 생김새가 엄마와 똑같았다.

치이익 하는 기차 소리 역시 기차에서 나는 소리일 리가 없었다. 따라서 압력밥솥에서 나는 소리임이 분명했다. 밥이 뜸 들이는 시간으로 넘어가고 있음을 알리는 소리. 치이익 수증기를 내뿜으며 밥솥 뚜껑이 요란스레 돌아가고 있는 소리였다. 아빠가 죽고 나서 처음으로 들어보는 소리……. 나는 내 귀를 의심했다.

심지어 내 눈앞엔 더욱 믿기 힘든 형형색색의 세계가 펼쳐져 있었다. 하양(버섯), 노랑(달걀), 초록(시금치), 주황(당근), 진한 갈색(불고기)으로 장식된 다채로운 색의 향연들.

지금쯤 정답이 머리에 떠올랐겠지? 맞다. 잡채다. 식탁 위에 기름진 잡채가 놓여 있었다. 때깔 나는 색깔의 음식들은 냄새마저 고소했다. 그리고 된장찌개도 있었다. 뚝배기를 가득 채운 샛노란 달걀찜도 함초롬히 놓여 있었다. 아, 라면 끓여 먹는 건 포기해야겠네. 내가 달걀찜을 얼마나 좋아하는데.

나는 이상한 나라에 들어온 앨리스가 된 심정으로 물었다.

"이게 다 뭐야? 첫날부터 사위가 잡채 먹고 싶대? 그래서 해가는 거야?"

생김새는 엄마랑 똑같았지만, 오늘따라 엄마와 달라 보이는 엄마가 고개를 저었다.

"아니, 너 먹이려고. 배고프지? 가서 손 씻고 와."

나는 씻지 않은 손가락으로 잡채를 집어서 후루룩 입에 쑤셔 넣었다. 맛있으니까 한 번 더. 후루룩 쩝쩝.

엄마가 내 손을 탁 치며 소리를 질렀다.

"손 씻고 와서 먹으라니까! 너 다 먹어!"

나는 부리나케 손을 씻고 와서 식탁 앞에 앉았다. 엄마도 한숨을 돌리고는 내 앞에 앉았다. 어제에 이어 엄마와 함께 하는 저녁이었다. 흐음, 나쁘지 않네.

나는 젓가락으로 잡채부터 집어 먹었다.

"엄마, 나 잡채 좋아하는 거 알고 있었어?"

"응."

나는 숟가락으로 된장찌개를 떠먹었다.

"된장찌개도?"

"그럼."

이번에는 달걀찜을 떠먹었다.

"달걀찜도?"

"당연하지."

이번엔 뜸을 들여야 했다. 달걀찜을 뜸 들이는 시간 이상
이나.

"엄마도?"

"……."

나는 고개를 숙였다. 이 순간 엄마랑 눈을 마주치면 엄마
의 눈동자에서 원치 않는 장면을 목격하게 될지도 모르기 때
문이다. 이를테면 이슬 같은 것을. 그래서 계속 고개를 숙인
채 식사를 했다. 한동안 우리는 말없이 식사를 했다.

엄마가 내 밥그릇이 빈 걸 보고 압력밥솥에서 밥을 더 떠
왔다. 그리고 생각났다는 듯 툭 내뱉었다.

"참, 나 이제 남산 안 간다. 더 이상 연락하지 말자고 했어."

"왜? 밤새워서 실컷 짐 싸더니만?"

"이제 배우 노릇 그만하고 싶어서."

"……."

이번엔 엄마가 고개를 숙였다. 나랑 눈이 마주칠까 봐서. 내 눈에서 이슬이라도 발견할까 봐서. 그래도 할 말은 해야겠지.

"엄마, 이제부터 소파에서 티브이 켜놓고 잠들지 마."

"알았어."

"소주도 끊어."

"그래."

일기예보에도 너무 매달리지 말고…….

우리는 비로소 고개를 들었다. 엄마와 나, 말없이 동시에. 고개를 들자마자 주방에 놓인 달걀이 시선에 들어왔다. 한 판에 서른 개짜리 달걀이 세 판이나 쌓여 있었다.

"웬 달걀이 저렇게 많아?"

"너 달걀찜 좋아하잖아. 실컷 해주고 싶어서."

"아무리 좋아해도 그렇지. 한꺼번에 세 판이나 사?"

단숨에 질리게 만들어서 다신 안 해주겠다는 속셈이 아닐까?

엄마가 다분히 의심스러운 눈초리를 던지는 내게 자초지종을 늘어놓았다. 남산에 갔다가 돌아오는 길에 아파트 단지 내에 알뜰시장이 열려 있어서 사온 거라고.

대형마트에서 달걀을 사서 집까지 힘들게 들고 걸어오는 것보다 가까운 알뜰시장이 더 편하겠구나, 생각하며 고개를 끄덕이는 순간, 엄마가 영화에나 나올 법한 대사를 내뱉었다. 어쩌면 영화에 나왔던 대사인지도 몰랐다.

"인간관계란 날달걀과도 같아요. 약간의 충격만 가해져도 깨지기 십상이죠. 처음부터 조심해서 다뤄야 합니다."

이제 배우 노릇 그만한다더니 몇 초도 못 가 엄마는 중년 남자 목소리까지 내가며 영화 대사를 읊어댔다.

제 목소리로 돌아온 엄마가 물었다.

"우리야, 넌 이게 달걀 장수 입에서 나온 말이라는 게 믿어지니?"

"달걀 장수가 엄마한테 왜 그런 말을 해?"

"내 말이. 달걀을 한창 고르고 있는데 아저씨가 날 보면서 그렇게 말하는 거야. 그래서 세 판이나 샀지 뭐니. 충격 먹었나 봐."

그제야 이해가 갔다. 엄마는 남산에서 진주네 가족에게 어떤 충격을 받았다. 절교를 결심할 정도로. 그리고 돌아오는 길에 알뜰시장에서 발걸음을 멈추었다. 달걀을 고르기 위해. 달걀 장수가 충격이 채 가시지 않은 엄마의 표정을 보고 그런 대사를 내뱉었다. 엄마의 표정이 금 간 달걀마냥 너무나 참혹했으므로.

엄마가 받은 충격의 내용은 내게 밝히지 않아서 알 수 없었지만, 그 강도는 짐작할 수 있었다. 주방에 놓인 세 판이나 되는 달걀이 몸소 그것을 증명하고 있지 않은가.

그러나 그 충격의 내용은 엄마의 의지와 무관하게 곧 밝혀지고야 말았다. 소주는 내일부터 끊고 오늘은 마시자는 나의 제안을 엄마가 흔쾌히 받아들였고, 우리는 저녁 식사에 이어서 술판을 벌였기 때문이다. 그건 엄마가 술에 취하면 실토를 한다는 뜻이다.

엄마는 평소에 입이 가벼운 편은 아니지만, 술을 마시면 가벼워진다. 아니, 솔직해진다고 해야 하나. 그리고 술에서 깨면 자신이 한 말에 대해 머리를 쥐어뜯으며 후회를 한다. 어차피 숱도 많은데 몇 가닥 줄어들면 좀 어떤가. 후회 좀 하면 어떤가. 솔직히 털어놨다는 게 중요하지.

드디어 술판 끝자락에(엄마가 취했다는 말이다) 가서야 엄마는 남산에서의 일을 실토해버렸다.

엄마가 받은 충격의 내용을 여기에 소개한다.

엄마는 가짜 딸이 안방에서 친구와 통화하는 내용을 본의 아니게 엿듣게 되었다. 아이를 재우고 나서 화장실에 가려던 참이었다고 한다. 아들의 돌반지 하나가 없어졌다고 가짜 딸이 친구에게 하소연하는 내용이었다. 분명히 케이스에 넣어 두었는데 어디 갔는지 모르겠다며 한숨을 쉬며 한탄을 했다고. 가짜 딸이 아이에게 젖병을 물리고 있는데 엄마가 아이 손가락에 끼워진 반지를 보며 "우리 손주 돌반지 예쁘네, 잘 어울리네" 하는 소릴 듣고 나서 그 뒤로 돌반지가 없어졌다는 것이다. 온종일 찾았지만 아무리 찾아봐도 없다고. 반지 케이스가 어디 있는지 아는 사람은 남편과 엄마뿐인데 남편이 가져갈 리는 없지 않겠느냐고.

그러면서 친구에게 이렇게 말했다고 한다.

"그 아줌마가 가져갔을 리도 없잖아. 그 아줌마는 그럴 사람은 아니야."

의심을 받았단 사실과 더불어 그 아줌마란 표현은 엄마의 가슴에 못을 박았고, 이어진 통화 내용은 더 큰 못을 박았다.

"설령 가져갔다 해도 선물한 셈 치지 뭐. 이제껏 그 값은

했잖아."

그때 엄마는 깨달았다고 한다. 자신은 가짜 딸에게 그 아줌마라고. 도둑은 될 수 있어도 엄마는 될 수 없다고.

엄마는 그길로 뒷걸음질 쳐서 방으로 들어가 채 풀지도 않은 짐을 다시 싸기 시작했다. 그런데 이번엔 거실에서 호들갑스럽게 두 번째 통화 소리가 들려오기 시작했다. 소파 밑에서 돌반지를 찾았다는 내용이었다.

"아까 그랬잖아. 그 아줌만 그럴 사람이 아니라고."

엄마는 아이가 깰까 봐 조심조심 짐을 쌌고 그제야 자신이 앞으로 아이와 한방을 쓰게 되었다는 사실을 깨달았다.

이어진 통화 내용은 이랬다.

"그런데 남편이랑 파리로 유학 간단 말은 언제 할까? 당연하지. 그 아줌마도 데려가야지. 애가 어리니까 뒷바라지할 유모는 필요하잖아. 솔직히 그만한 사람을 어디 가서 구하겠니?"

이 대목에서 엄마는 방문을 발칵 열었다. 그리고 가짜 딸과 정면으로 마주쳤다. 당황한 가짜 딸은 얼굴이 하얘져서는 이렇게 말했다고.

"어? 집에 계셨어요? 시장 가신 줄 알았는데."

도둑에서 아줌마로 변신할 뻔한 엄마는 그길로 남산을 떠났다.

엄마는 달걀 장수가 영화 같은 대사를 내뱉어서 놀란 게 아니라 엄마의 심정을 정확히 표현했기 때문에 충격을 받은 것일지도 모른다. 영화보다 충격적인 일들이 현실에서 자주 일어나는 세상이 아닌가.

달걀 장수의 혜안에 깜짝 놀란 엄마는 달걀 세 판을 사 들고 조심조심 집을 향해 발걸음을 옮겼다. 들어오면서 나와의 관계에 대해 생각했다. 오직 나와의 관계만을. 그리고 깨지기 전에 조심하자고 결심했다. 나라는 존재야말로 현재 엄마가 맺고 있는 가장 소중한 인간관계이기에.

화장실에 다녀온 엄마가 조심스레 물었다.

"우리야, 아직…… 안 깨진 거지? 우리."

"당근이지."

나는 잡채에서 당근을 골라내며 잽싸게 고개를 끄덕였다. 아까보다 더 길게 뜸을 들이고도 싶었지만, 이 순간 진주라는 이름의 여자가 떠오르는 건 어쩔 수 없었지만, 에메랄드 눈빛의 달걀귀신이 생각나는 건 어쩔 수 없었지만, 그 애를 동영상으로도 다시는 볼 수 없단 생각에 조금 서운해지는 것도 어찌할 수가 없었지만 말이다.

엄마가 안도의 한숨을 내쉬곤 말했다.

"그걸 왜 빼? 잡채에서 당근이 얼마나 중요한 건지 알아? 설거지는 네가 해."

고된 하루 일과를 마치고 엄마가 안방으로 들어갔다. 자기만의 방으로.

나는 엄마를 따라 들어갔다. 그러고는 옆에 드러누워 엄마에게 팔베개를 요청했다. 엄마는 "네가 애냐?" 하고 투덜대면서도 팔베개를 해주었다.

오늘 엄마와 나는 3부작 드라마를 찍었는데 제목만 말하자면 1부는 저녁 식사, 2부는 술자리, 3부는 잠자리다. 3부는 불이 꺼지고 나서도 밤새 이어졌다는 것만 밝혀둔다. 설거지는 내일 하면 되지 뭐.

인간의 불행은 자기만의 방에 혼자 있을 수 없기 때문에 생긴다. 인간의 행복 또한 자기만의 방에 혼자 있을 수 없어 뛰쳐나오기에 생기는 것이다.

다음 날 일어나자마자 설거지를 하려고 주방으로 향했다. 이크, 달걀을 냉장고에 넣는다는 걸 깜박했네. 나는 냉장고로 다가가 문을 열고는 달걀 세 판을 조심조심 냉장고에 넣었다. 그리고 좀 전과는 달라진 눈빛으로 달걀 세 판을 바라보았다. 모진 풍파를 거치고 온전하게 껍질이 보존된 채 우리 주방 위에 무사히 도착해서 방금 냉장고 안에 안착한 달걀 세 판을.

저거 다 먹으면 달걀귀신 되겠구나. 달걀찜에 한 맺혀 먹다 죽은 귀신. 때깔 좋겠네.

마지막

퇴근길에 장미에게서 연락이 왔다. 지금 좀 만나자고. 언제나 그래왔듯 일방적이고 직설적인 데다 자기중심적이었다. 지금 만날 수 있냐라든지 시간이 나냐라든지 하는 식으로 상대방 입장을 배려해서 묻는 게 아니었다. 그런데 지금 퇴근하는 길인 줄 어떻게 알았지? 타이밍 하나는 기가 막히게 잘 알아맞히는구나.

장미의 말투는 우리가 마치 어제 헤어졌다가 오늘 다시 만나기로 한 연인처럼, 아니 헤어진 적도 없는 연인처럼 너무도 자연스러웠다. 그래서 나는 잠시 장미와 헤어졌단 사실을 잊은 채 자연스럽게 그러자고 대답하고 말았다. 난 늘 중요한 사실을 까먹는다니까. 젠장.

장미가 오라는 장소로 달려가면서 난 왜 항상 장미가 시키는 대로 하는 걸까? 하는 억울한 심정에 그 자리에서 발걸음을 멈추었다. 그리고 장미에게 전화를 걸어 할 말이 있으면 네가 이리로 오라고 했다. 장미는 오늘은 좋은 날이니까 한 번만 봐준다면서 내가 있는 장소를 대라고 했다. 여기는 길거리인데, 뭐라고 설명하지?

그런데 장미에게 있어 한 번만 봐준다는 말은 다음번엔 국물도 없다는 말과 같은 것이어서 그 말이 나는 선뜻 이해가 가지 않았다. 그럼 우리에게 내일이 있단 말인가?

내가 머뭇거리자 장미는 그러고 있을 시간에 그냥 이리로 오는 게 낫겠다고 말했다. 나 역시 머무적거리는 시간에 그냥 그리로 가는 게 나을 것 같아 장미가 오라는 장소로 갔다.

장미는 내 생일에 만났던 레스토랑에서 나를 기다리고 있었다. 평소에 안 하던 화장을 했고 안 입던 정장을 입었으며 안 들던 핸드백을 들고 나온 데다 날 만날 땐 한 번도 하지 않았던 파마까지 했다. 우리 미용실에 왔더라면 보조 미용사의 권한으로 VIP에 준하는 서비스를 해줄 수 있었겠지만, 장미가 간 미용실도 나쁜 선택은 아니었다. 화장을 하고 정장을 입고 파마를 한 장미는 그야말로 활짝 핀 장미꽃 같았으니까.

장미는 내가 좋아하는 김치볶음밥과 자신이 좋아하는 카레 돈가스를 시켜놓고 와인까지 주문해놓았다. 장미가 앉은 자리에 계산서가 올려져 있는 거로 보아 자신이 계산까지 하려는 의도로 비쳐졌다.

　순간 나는 이제 곧 장미가 폭탄선언을 하리란 걸 직감했다. 평소에 들고 다니지 않던 핸드백에서 청첩장을 꺼내 내게 내밀 것이다. 결혼식에 와달라고. 신랑은 고시원 총무라고 할 것이다. 소수자로 사는 게 불안해서 소속감 때문에 결혼이라는 제도에 어쩔 수 없이 골인하는 거라고 둘러대면서. 암, 사장 아들인데 어련할까. 그럼 난 이렇게 묻지도 못할 것이다. 첫사랑 때문에 엄마한테 커밍아웃하던 네 용기는 어디다 팽개친 거야?

　그래. 네가 말한 좋은 일은 결혼하는 일이고, 내게 볼 일은 결혼식장에 와달라는 것일 테지. 넌 내게 부케를 받아달라고 부탁하고 싶겠지. 그 일이라면 그냥 메일로 띄워도 되는데. 청첩장은 카톡으로 보내도 되는데. 그런데 굳이 만나서 전하겠단 이유는 예의를 갖추기 위해서니? 내 가슴에 다시 한번 못을 박고 싶어서가 아니라?

　네가 레즈비언이라 결혼식에 와줄 여자 친구들이 없다면

신부 들러리를 서줄 대행업체를 알아보는 것도 방법이겠다. 혹시 예식장 하객 대역 아르바이트라고 들어봤니? 우리 엄마가 거기서 알바하는데, 친정엄마 역할로 소개시켜줘? 진짜 빰친다니까. 애드리브도 끝내주고. 이것도 다 네가 커밍아웃하다가 너희 엄마랑 절교했다니까 하는 말이야.

상상을 마치자 장미가 주문한 와인이 나왔다. 지난 생일, 내가 주문했던 것과 똑같은 빈티지의 와인이었다. 정말이지 기억력 하나는 끝내주는 장미였다.

장미 대신 와인을 노려보며 물었다.

"결혼하니? 청첩장이라도 주러 온 거야?"

"농담도. 나 S기업에 취직했어. 오늘 신입사원 OT가 있었거든."

장미가 밝게 웃으며 답했다.

"내일이 출근 첫날이야."

아아, 좋은 일이 그거였구나. 취직.

장미는 S기업이 4대 보험에 성과급, 보너스, 퇴직금이 전부 보장된 안정된 직장이라고 했다. 사내에 도서관, 헬스장, 수면실이 있는데, 특히 수면실에서 받는 발 마사지가 끝내준단 소문이 자자하다고. 자신은 홍보실에서 근무하는데 유급

육아휴직도 있다며, 이 대목에선 피식 웃고는 좀 억울하단 표정을 지었다. 육아휴직은 쓸 일이 없으니 말이다.

S기업은 입사 경쟁률이 치열한 만큼 근무 조건이 좋다는 걸 보조 미용사인 나도 소문으로 들어서 알고 있는 터라 축하할 일이었다. 더구나 장미는 얼마 전까지만 해도 장미족에서 청년실신족으로 추락했던 처지가 아닌가.

그런데 단숨에 S기업 홍보실 직원으로 신분 상승을 하다니 정말이지 의지의 장미족 출신이 아닐 수 없었다. 그것도 고시원, 찜질방, 그 여자네 집을 전전하다가 말이다.

"잘됐네. 드디어 청년실신족에서 벗어났구나."

"정말 좋은 일은 따로 있어. 너한테도 좋은 일이야."

장미가 와인 잔을 들어 건배를 청했다.

"그 여자랑 끝냈거든."

그 여자가 누군지 안다. 너의 '몬 아모르'.

장미가 혼잣말처럼 덧붙였다.

"첫사랑. 진짜로 끝냈어."

"그게 왜 나한테 좋은 일인데?"

"S기업에서 합격통보를 받자마자 뛸 듯이 기뻐서 그 여자에게 달려갔어. 축배를 들고 보니 알겠더라. 그 순간 내가 함께 있고 싶은 사람이 아니란 걸."

"……."(그럼 누구?)

"네가 떠올랐거든."

장미가 잠시 울컥했다. 내가 아니라.

"그래서 너랑 같이 기쁨을 나누고 싶어서 전화한 거야."

"……."

"우리야, 나 너랑 다시 시작하고 싶어."

너는 이제 시작을 노래하는구나. 나는 이게 마지막인데. 장미야, 시작과 마지막은 동시에 일어날 수 없어. 우리는 동시에 한 장소에 있을 수 없다고. 그 여자랑 진짜로 끝냈든 가짜로 끝냈든 이제 그건 네 문제야. 무슨 뜻인지 알아? 게임 오버. 우리는 끝났다는 말이야.

나는 어느새 달걀 장수의 영화 같은 대사를 떠올리고 있었다.

인간관계란 날달걀과도 같아. 약간의 충격만 가해져도 깨져버려. 처음부터 조심해서 다뤄야 한다고. 우리는 이미 깨져버린 달걀이야. 이미 깨진 달걀 껍질을 도로 붙일 순 없어. 깨진 달걀은 먹지도 못해. 안에 껍질이 들어가버려서. 깨진 달걀의 주소는 쓰레기봉투야. 내다 버려야 한단 거지.

우리 관계가 언제 깨졌는지 아니? 내 생일에 네가 날 여기에 놔두고 첫사랑에게 달려가던 그때가 아니야. 네가 핸드폰을 꺼놓고 나랑 빚쟁이들 전화를 피해 다니던 때도 아니야. 처음부터 우리는 이미 깨진 달걀 같은 관계였어. 난 그동안 그 깨진 조각을 가지고 어떻게든 붙여보겠다고 부질없는 노력을 해왔던 거야. 눈치도 없이.

장미가 계속 침묵을 지키고 있는 내게 조심스레 물었다.

"나랑 새 출발하지 않을래?"

"넌 도대체 똑같은 상대를 몇 번이나 꼬시는 거니? 네가 다시 시작하자 그러면 내가 얼씨구나 하고 달려들 줄 알았어?!"

장미가 믿기지 않는 듯 나를 바라보았다. 내 입에서 이런 말이 나왔다는 게 믿어지지 않는다는 표정이었다. 예전 같았으면 장미의 표정을 보면서 마음에 세찬 물결이 출렁거렸겠지만, 지금은 일말의 일렁임조차 없었다.

"이거 알아? 우린 이미 깨져버린 달걀이야. 아니, 처음부터 깨져 있었어."

나는 당장 레스토랑 주방에서 달걀을 얻어와 장미 앞에서 깨 보이며 이미 끝나버린 우리 관계에 대해 설명할 수도 있었다. 우리 관계가 진짜 마지막이란 걸 보여주기 위해서 달걀 껍질을 붙여보려고 부질없이 애쓰는 모습을 보여줄 수도 있었다. 하지만 그럴 필요가 없었다. 장미는 S기업에 입사한 의지의 장미족 출신답게 이해가 빨랐으니까.

"나랑 끝내겠다는 거지? 오늘이 마지막이라는 거지?"

"응, 마지막이야. 우리는 끝났어."

장미의 질문에 나는 대답과 동시에 고개를 끄덕였다. 이번이 마지막이 아니라는 생각이 들 땐 더 가보아야겠지만 정말로 마지막이라는 생각이 들 땐 확실하게 끝이라고 말할 수 있어야 한다. 끝장을 내야 할 때 정말로 끝장을 보지 않으면 관계가 끝난 뒤에도 계속 이어지게 된다. 만나는 것도 아니고 안 만나는 것도 아닌 미적지근한 관계. 끝난 것도 아니고 시작하는 것도 아닌 이상한 이 관계를 나는 상한 달걀 같은 관계라 부를 것이다. 상한 달걀의 주소 역시 당연히 쓰레기봉투다.

장미가 깨진 자존심의 한 조각을 부여잡듯 초라한 표정으로 물었다.

"애인 생겼니?"

"그건 알 거 없고."

나는 최대한 냉랭한 표정을 지으며 귀찮다는 듯 답했다. 장미가 내 본심을 파악한 듯 고개를 끄덕였다. 그러면서 이제 나랑은 정말 끝났다는 표정을 지었다.

장미가 자신에게 다짐하듯 결연하게 말했다. 지난번처럼.

"빚진 돈은 첫 월급 타면 꼭 갚을게."

"그 돈은 잊어버려. 취직 선물이라 생각해."

이번에도 장미가 자리에서 먼저 일어섰다. 오늘따라 활짝 핀 장미꽃 같은 장미였지만, 누가 봐도 화사한 장미였지만 내 꽃은 아니었다. 나를 위해 핀 꽃은.

이제 장미란 이름은 내게 산산이 부서진 달걀 껍질과도 같은 것이니까. 불러봤자 소용없는 이름. 붙여봤자 쓸모없는 달걀 껍질이니까.

상심한 장미는 계산서 챙기는 것도 잊은 채 출입문을 향했다.

"장미야!"

장미가 미련이 남은 표정으로 나를 바라보았다. 나는 장미의 얼굴에 대고 계산서를 흔들어댔다.

"이것도."(취직 선물.)

장미가 뜨끔한 표정을 지었다.

"그리고 다시는 그 미용실 가지 마. 파마 정말 안 어울려!"

실망과 수치로 인해 얼굴이 붉어진 장미가 다시 돌아섰다.

장미야, 나는 이제 네가 걱정이 안 돼. 정말이지 하나도 걱정이 안 돼. 자나 깨나 앉으나 서나 널 걱정하던 때가 있었는데. 이젠 네가 걱정은커녕 안심이 된다. 왜냐고? 넌 나 없이도 잘할 수 있을 거 같거든. 넌 잘 살 수 있을 거 같아. 내가 없어도. 넌 앞으로도 잘 해낼 수 있을 거야. 잘 가, 장미야.

남은 와인은 또 내가 가져가야겠구나. 지난번처럼 나 혼자 이별의 축배를 들어야 하나. 나는 고개를 저으며 서둘러 자리에서 일어났다. 이 순간 확실하게 떠오르는 얼굴이 있었으므로.

시작

와인을 들고 카페 올프로 달려갔다. 지난번처럼 남은 와인을 집으로 들고 가서 마지막 한 방울까지 혼자 다 마셔버릴 수도 있었지만, 집에 엄마가 있으면 함께 마실 수도 있겠지만, 나 때문에 소주와 끝장낸 엄마가 와인에 맛을 들이기 시작하면 다신 끊기 힘들 거란 생각이 들었다. 그리고 무엇보다 임시인 언니가 보고 싶었다.

시작이란 마지막과 마찬가지로 분명한 선 긋기를 필요로 한다. 때론 누군가와 끝장을 내기 위해서 말의 모가지를 잘랐던 김유신의 칼이 필요해지는 것처럼, 누군가와 시작하고 싶을 땐 확실하게 시작하고 싶다고 외칠 수 있어야 한다. 선명하게 그어진 출발선 앞에 서서 시작을 외치고 나면 그때부턴 앞만 보고 최선을 다해 달려가야 한다. 그래서 나는 달려갔다. 시작을 외치러.

카페 울프에 도착하니 출입문에 팻말이 걸려 있었다.

임시휴업

당분간 쉽니다.

이럴 수가. 임시휴업은 카페 울프 역사상 처음 있는 일이었다. 지구상의 모든 카페가 휴가를 가더라도 카페 울프만큼은 연중무휴를 고집해왔다. 코로나19로 운영이 힘들어진 카페들이 속속 문을 닫아도, 설에도 추석에도 크리스마스에도, 심지어 휴가철에도 대나무처럼 꿋꿋하게 문을 열었다.

그런데 이제 와 툭 부러지다니. 임시휴업도 모자라 당분간 쉰다니. 출발선을 긋기도 전에, 언니와의 시작을 외치기도 전에, 닫힌 문 앞에 서게 될 줄이야.

임시인 언니가 임청하 코스프레를 할 때부터 쉬고 싶어 한단 걸 눈치챘어야 했나. 이 길로 집에 가서 엄마 몰래 와인 한 병을 다 비워야 하나. 아니면 소주랑 끝장낸 엄마가 와인과 새 출발하는 모습을 지켜보아야 하나. 이대로 발걸음을 돌려야겠지만, 그냥 돌아서기엔 너무 서운해서 닫힌 문을 밀어보았다. 그런데 웬걸, 문이 열려 있었다.

카페 안에선 당분간 쉬겠다던 임시인 언니가 버젓이 나와 일을 하고 있었다. 작업복을 입고 땀을 뻘뻘 흘려가며 페인트칠을 하고 있었다. 작업복에 페인트를 묻혀가며 카페 벽을 화이트 톤으로 색칠하고 있었다.

중앙의 커다란 사각 테이블 위에 전기톱과 나무를 잘라낸 톱밥들이 어지럽게 널려 있는 걸 보니 목공작업도 동시에 진행 중이었다. 사각 테이블 옆엔 임시인 언니가 손수 만든 원형 원목 의자도 있었고, 아담한 원형 테이블도 있었다. 그뿐이 아니었다. 맞은편 벽은 전체가 책꽂이로 변해가고 있었다. 그러니까 벽 한 면을 전부 책꽂이로 만드는 중이었다. 대체 한꺼번에 몇 가지 일을 하고 있는 거지? 저러다 쓰러지는 거 아닐까?

임시인 언니의 이마엔 고된 노동의 결과물인 땀이 방울방울 맺혀 있었다. 어디 이마뿐일까. 온몸 구석구석이 땀방울로 맺혀 있겠지. 언니 몸의 안 보이는 곳에 땀이 맺혀 있을 거라 생각하자 닦아주고 싶어졌고, 내 얼굴은 곧바로 빨개졌다.

"지금 뭐 해요?"

"앗, 깜짝이야. 언제 왔어?"

"이게 쉬는 거예요? 일하는 거지. 시인이란 사람이 당분간 쉽니다, 라는 말뜻도 정확히 몰라?"

나는 속마음을 들킬까 봐 화를 내며 말했다. 이래서 도둑이 제 발 저리다고 하는구나.

임시인 언니가 맞장구를 쳤다.

"그러게. 그러니까 등신 같은 시인이지."

"근데 이게 다 뭐야?"

"카페 분위기 좀 바꿔보려고. 인테리어 공사하는 중이야."

언니가 손수 만든 원형 원목 의자를 가져와 위에 앉은 톱밥을 입으로 훅 불더니 내게 내주었다. 나는 주저 없이 원목 의자에 털썩 앉았다. 속으로는 사포질도 안 된 의자에 앉다가 엉덩이에 가시가 박히는 게 아닐까 우려했지만, 의자를 내준 사람의 성의를 생각해서 아무렇지 않은 척했다. 게다가 손수 만든 의자가 아닌가.

언니가 옷소매로 이마의 땀을 닦으며 이제부터 '카페 울프'에서 '카페 시인'으로 간판을 바꾸고 북 카페를 운영할 거라고 했다. 그러므로 이제까지 여우에게만 개방했던 문호를 앞으로 늑대에게도 개방한다고. 너구리나 고슴도치도 대환영이라고. 이름이 임시인인 만큼 앞으로 북 카페에서 열심히

시를 써서 이름값을 해보겠다고 했다. 그러면서 이번엔 수건을 가져와 목덜미에 맺힌 땀을 닦았다.

내가 닦아주어야 할 땀을 언니가 닦고 있어서 아쉽기 그지없었지만, 이것 역시 아무렇지 않은 척했다. 명심해, 피우리. 속을 들켜선 안 된다고.

"이제 본격적인 시작인 거네? 시도, 카페도?"

"그럼. 이제 시작이지."

"축하해요."

나는 원형 테이블에 와인을 올려놓고 건배를 제안했다. 언니가 잽싸게 와인 잔을 가져왔다. 와인 잔에, 수건에, 페인트 통에, 전기톱에, 이 카페엔 없는 게 없구나.

우리는 페인트 냄새를 맡아가며 톱밥 먼지 속에서 와인 잔을 부딪쳤다.

언니가 와인 잔을 내려놓으며 생각난 듯 물었다.

"참, 넌 무슨 일로 온 거야? 임시휴업인 거 몰랐어?"

"나도 이제 시작이라는 걸 말해주려고요. 다음 주에 정식 미용사로 데뷔해요."

"그래? 이제 보조 미용사 졸업하는 거야? 축하할 일이 또 생겼네."

언니가 기쁜 표정으로 와인 잔을 도로 들어 건배를 제안했다. 와인 잔은 이 카페에 비치된 이래 오늘이 가장 바쁜 날인 것 같았다.

"그리고 또 있어요."

언니는 조용히 내 다음 대사를 기다렸다. 가슴이 두방망이질을 치고 있었지만, 나는 호흡을 가다듬으며 차분하게 말했다.

"방금 누구랑 헤어지고 왔거든요. 아주 끝장을 냈죠. 그래서 이제 새 출발을 하려고 해요. 그 전에 언니한테 한 가지 물어볼 게 있는데요."

언니가 집게손가락을 입술에 갖다 대고 쉬, 하면서 내 질문을 막았다.

"잠깐, 내가 전에 말 안 했나? 레즈비언이라고."

나는 자주 중요한 사실을 까먹는다니까. 젠장.

"소문으로 들었어요. 언니가 전에 사귀던 애인이 자살했다고. 애인이 버지니아 울프를 좋아했다고."

내가 이 말을 했을 것 같나? 아무리 눈치가 없기로서니?

그렇다. 이건 언니에게 해서는 안 될 말이었다. 죽을 때까지 꺼내서도 안 될 말이었다. 언니 스스로가 내게 소문의 진상을 밝힐 때까지. 그래서 이 말은 하지도 않았다. 할 마음도 없었다.

언니가 눈을 가느다랗게 흘기며 말했다.

"여태까지 어디 숨어 있다 나타난 거야? 이런 매력 덩어리 같으니."

"지금껏 벽장 속에 숨어 있었거든요.• 이제 언니가 꺼내줄래요?"

"나야 영광이지. 자, 어서 나와."

언니가 환하게 웃으며 나를 향해 두 팔을 벌렸다. 도대체 저런 매력 덩어리를 난 왜 이제 알아본 거야? 눈치 없기는.

우리는 자연스레 서로에게 다가갔다. 그리고 이브의 아름다운 키스가 시작되었다. 누가 먼저 시작했는지는 알 수 없었지만, 우리의 관계가 이제부터 시작이라는 사실만은 확실했다.

• 벽장 속에 있다는 말은 퀴어 정체성을 가진 사람이 아직 커밍아웃을 하지 않았다는 뜻.

야심

다큐멘터리 속의 남자는 맨손으로 암벽을 기어오른다. 생애 최초로.

매 순간 목숨을 담보로 걸고 모험을 향해 나아가는 것. 그의 생애를 한 줄로 기록하자면 이렇게 표현해야 옳을 것이다.

땅에 주저앉아 애인과 누리는 일상의 행복보다 암벽을 타고 정상을 향하는 쪽을 택한 남자. 십 년간의 준비 끝에 남자는 세계 최초로 요세미티 암벽을 프리솔로로 도전한다. 그리고 네 시간에 걸쳐 암벽을 올라 드디어 등반에 성공한다. 914미터나 되는 수직의 험난한 벽을, 장비도 동행인도 두려움도 없이, 태양과 바람과 야심을 친구 삼아.

애인은 그의 야심을 이해하지 못하겠다며 왜 그렇게 위험

한 일에 도전하느냐면서 괴로워한다. 그를 사랑하는 마음이 커져갈수록, 나날이 대담해져가는 그의 도전을 애인은 말리고 싶어진다. 그러면서도 그에게 수박을 잘라주는, 사랑에서 비롯된 친절. 예쁘지 않게 자르더라도 잔소리는 말아달라며 부려보는 애교. 남자는 이런 그녀에게 수박을 나무둥치처럼 잘랐네, 하며 웃는다.

남자는 애인이란 존재가 귀찮으면서도(자신의 야심을 무디게 만든다는 측면에서) 자신의 곁을 지키는 그녀가 사랑스럽다. 이 순간 그에게 톨스토이의 '세 가지 질문' 중 두 번째 질문, 당신에게 가장 중요한 사람은 누구인가? 하고 묻는다면 이렇게 답할 것만 같다. 지금 내 곁에 있는 그녀.

남자는 그녀와 함께 암벽을 타다가 처음으로 병원 신세를 지기도 한다. 그러면서 그녀를 데려오지만 않았다면, 그녀만 없었다면 이런 일이 없었을 거라고 투덜대며 후회한다.

남자는 자신의 야심을 이해해달라고 강요하지 않음으로써 그녀와 언제든 헤어질 준비를 한다.

서로의 야심을 이해하지 못해도, 애인이 바라는 걸 해주지 못해도 사랑하는 사이라고 말할 수 있을까? 상대방을 이해하지 못하더라도 서로 사랑한다는 게 가능할까?

그렇다. 내 대답은 '그렇다'이다. 유감스럽게도.

사랑은 상대를 이해하는 마음이 아니라, 사랑하는 마음을 필요로 한다. 상대를 이해해서 사랑하는 것이 아니라, 이해하지 못한 채로 사랑하는 것이다. 나는 이것을 일부분의 이해, 즉 '덜 이해'라고 말하고 싶다.

나는 너를 덜 이해해도 사랑한다는 말은, 나는 널 이해하지만 사랑하지 않는다는 말보다 얼마나 사랑스러운가.

아빠랑 사는 동안 엄마는 아빠 때문에 숨도 못 쉬겠다고 했다. 시시때때로 엄마의 삶에 개입하고 나서는 아빠 때문에 가슴이 답답해서 숨을 못 쉬겠다고.

이제 엄마는 아빠 때문에 숨이 쉬어지질 않는다고 말한다. 강물에 휩쓸려간 아빠 생각만 하면 숨이 막혀 쉴 수가 없다고. 산 아빠 때문에 숨을 못 쉬겠다던 엄마가 이제는 죽은 아빠 때문에 숨이 쉬어지지 않는다고 말한다. 아빠만 떠올리면 가슴이 아파서 못 살겠다고.

중요한 사실을 기억하는 일이 너무나 고통스러울 때는 잠시 망각의 다리를 건너가야 한다. 중요한 사실을 잠시 잊는다고 해서 그 사실이 없어지는 건 아니니까. 갔다가 다시 돌아오면 되니까. 아빠가 죽었다는 사실을 부정하고 싶어 의도

적으로 망각해버린다고 해서 아빠가 죽었다는 엄연한 사실이 사라지는 건 아니니까 말이다.

아빠의 마지막 모습을 기억한다. 아빠는 내게 말했다. 두렵다고. 무섭고 떨리고 겁난다고. 너무나 바라왔던 일이기에, 너무도 오랫동안 기다려왔던 일이기에 자신이 망쳐버릴 것만 같다고 했다. 그것이 내가 처음이자 마지막으로 보았던 아빠의 솔직한 모습이었다.

하지만 아빠는 그렇게 두려워할 필요가 없었다. 무서워할 필요도, 겁낼 필요도 없었다. 두려움이 아빠와 함께 강물에 휩쓸려가 버렸으니까.

영화 〈프로즌 리버〉는 말한다. 가끔은 강물이 모든 걸 데려가 버린다고. 정말 그랬다. 강물은 아빠의 모든 것을 데려가 버렸다. 아빠를, 아빠의 두려움을, 아빠의 꿈과 야심을, 엄마와의 추억을, 아빠에 대한 나의 기억을, 버지니아 울프까지도.

엄마는 죽기 전에 아빠가 그렇게도 두려워했다는 사실을 몰랐을 것이다. 어쩌면 엄마는 아빠를 '덜 이해'하는 가운데 사랑한 것일지 모른다. 아빠도 '덜 이해' 속에서 엄마를 사랑했을지 모른다. 엄마가 그토록 원했던 것이 영화 속 배우였는지 현실 속 배우였는지, 혹은 진짜 삶이었는지.

그럼에도 죽음이 두 사람을 갈라놓을 때까지 둘은 상대방을 덜 이해하면서 사랑했을 것이다. 이것이야말로 두 사람이 서로를 사랑했던 거지 같은 방식일지도.

온종일 아빠가 생각나서 울었다. 오늘부로 망각의 다리 저편에서 이편으로 건너왔으므로.

세계 최초로 요세미티 암벽을 프리솔로로 도전해서 성공한 남자는 역사의 한 페이지에 자신의 이름을 남겼다. 전 세계 청년들이 가장 닮고 싶어 하는 등반가란 타이틀도 얻었다.

세계 최초로 세계무역센터 쌍둥이 빌딩 사이로 외줄 타기를 했던 하늘을 걷는 남자 역시 역사에 자신만의 독특한 족적을 남겼다. 그에게는 삶의 매 순간순간이 외줄 타기와 같았을 것이다.

역사에 한 획을 긋는 일이나 흔적을 남기는 일은 정말이지 훌륭하고 대단한 일이다. 멋지고 근사한 일이다.

하지만 나는 당신이 역사를 기록할 때나 새로 쓸 때, 땀 흘리는 당신 곁에서 수박을 잘라주는 애인이 되고 싶다. 당신이 전쟁을 승리로 이끄는 주역이 되어 역사의 한 페이지에 이름을 새겨 넣을 때, 나는 긴 치마를 잘라 입고 행주산성으로 부지런히 돌을 나르는 이름 없는 여인네가 되고 싶다.

당신이 마을 하나를 세우겠단 야심을 펼칠 때, 나는 그 마을 어딘가에서 사람들의 머리를 잘라주는 미용사가 되고 싶다. 당신이 학교를 짓겠다던 꿈을 기어코 이룰 때, 나는 비를 들고 그 학교 곳곳을 청소하는 청소부가 되고 싶다.

예수님 옆에서 귀를 쫑긋 세우고 오로지 말씀에만 집중하던 마리아보다, 예수님을 대접하기 위해 부엌을 분주하게 드나드는 마르다가 되고 싶다. 손에 물기가 마를 날이 없는 마르다가 되고 싶다.

진실로 고백건대 이것이 바로 내 꿈이자 야심이다. 내가 꿈을 갖기 시작했던 첫날부터 지금까지 변함없이 간직해온 포부이고 야심이다.

누군가는 내 꿈이 작다고 할지도 모르겠지만, 그게 무슨 야심이냐며 날 이해하지 못하겠다고 할 수도 있겠지만, 그러나 이보세요, 덜 이해하는 가운데에서도 날 사랑해주는 것은 가능하지 않나요?

언젠가 당신이 세웠던 마을의 골목 어귀에 멈춰 서서 가만히 귀를 기울여보라. 골목 어귀의 미용실에서 사각사각하는 소리가 들려올 것이다. 그 소리를 향해 살금살금 다가가보라. 그러면 가위를 들고 누군가의 머리를 자르고 있는 나를 만날 수 있을 것이다.

어느 날이고 당신이 지은 학교 어디쯤에서 발걸음을 멈추고 귀를 한번 기울여보라. 가까이서 쓱싹쓱싹하는 소리가 들려올 것이다. 그러면 소리 나는 쪽을 향해 걸어가라. 거기서 빗자루를 들고 청소하는 나를 만나게 될 것이다.

그럼 나는 당신을 향해 말없이 미소를 짓고는 조용히 고개를 숙이고서 다시금 비질에 몰두할 것이다. 학교 구석구석에 소복소복 쌓인 먼지들을 청소하기 위해 어쩔 수 없이 당신에게 뒷모습을 보이면서 사라질 것이다.

데뷔전

　내가 정식 미용사로 첫 출근을 하는 날이다. 나의 보조 미용사도 오늘 나와 동시에 데뷔전을 치른다. 나의 보조 미용사는 웃을 때 보조개가 아주 예쁜 스물세 살의 아카데미 학생이다. 미용 아카데미 말이다.

　첫 손님으로 임시인 언니가 들어섰다. 내게 예고는 했지만, 진짜 올 줄이야.

　오늘 저녁 직원들과 나의 데뷔를 축하하기 위한 회식이 있다고 어제 언니에게 미리 말해두었다. 언니는 아쉬워하면서 2차는 자기랑 하자며 마지막 손님으로 카페에 오라고 했다. 데뷔 축하파티를 해주겠다고. 그리고 오늘 아침 반드시 첫 손님으로 오겠다고. 그렇게 되면 처음과 마지막을 함께하는 거니까 자기랑 하루 종일 함께하는 거라고 우겼다. 오늘같이 중요한 날은 시작과 끝을 반드시 자기랑 장식해야 한다나.

서른세 해를 살아오면서 그간 생머리만을 고집해온 임시인 언니는 나 때문에 생애 최초로 파마에 도전했다. 역사에 기록될 일은 아니지만, 언니 생애의 일기장에는 확실한 기록으로 남게 될 것이다.

파마 전 간단히 커트를 했다. 언니의 길고 부드러운 머리칼을 만지자 내심 파마를 말리고 싶은 심정이었다. 하지만 언니 인생이자 언니 머리가 아닌가? 게다가 첫 손님인데.

자기 주도 파마(처음부터 끝까지 내가 주도하는 파마)는 처음이라 많이 떨렸던 건 사실이다. 그러나 옆에서 보조 미용사가 얼굴에 보조개를 띄우며 파마에 필요한 도구들을 알아서 착착 집어준 데다 무엇보다 몬 아모르, 임시인 언니가 시종일관 날 안심시키기 위해 미소를 짓고 있는 바람에 애로사항 없이 순조롭게 진행되었다.

파마 후에 언니에게 내 손으로 직접 샴푸를 해주고 싶었지만, 보조 미용사가 대기 중이어서 첫날부터 월권행위를 하고 싶진 않았다.

젖은 머리를 수건에 감싸고 샴푸실에서 나오는 언니를 보면서 나는 임청하 코스프레를 했던 그날처럼, 아니 그날보다 더 가슴이 뛰기 시작했다. 언니의 머리를 다 말리고 나서 믿기지 않는 환상적인 결과물을 대했을 때 하마터면 사람들 앞에서 "사랑해요!"라고 큰 소리로 외칠 뻔했다.

언니 역시 거울을 통해 변화된 자신의 헤어스타일을 흡족한 표정으로 바라보았다. 순간 우리는 눈이 마주쳤는데, 이심전심으로 사람들 앞에서 '사랑해!'를 외치기 전에 언니가 먼저 서둘러 일어섰다. 이제 보니 임청하를 하나도 안 닮았잖아. 임시인 닮았네.

언니는 원장에게 내가 파마해준 머리가 정말 마음에 든다며 나에 대한 공치사를 입에 침이 마르도록 늘어놓고는 보조 미용사의 샴푸 솜씨까지 칭찬해주는 센스까지 발휘하며 미용실을 나섰다.

언니가 나가는 순간 엄마가 들어섰다. 예고도 예약도 없이. 둘의 옷깃이 잠시 스치는 바람에 속으로 조마조마했으나 두 사람에게 티를 내진 않았다. 아마도 조만간이 될 것 같은데 정식으로 언니를 엄마에게 소개할 예정이기 때문이다.

그날 엄마는 뭐라고 할까. "너 혼자만 알고 있지 그랬니?" 아니면, "너희끼리만 알고 있어" 혹은 "그게 뭐 대수라고. 난 처음부터 알고 있었어"일까? 영화 〈휴먼 스테인〉의 안소니 홉킨스가 백인이 아니란 걸 말하지 않아도 니콜 키드먼이 처음부터 알고 있었던 것처럼.

그럼 난 이렇게 말할까? "엄마는 역시 배우야, 타고난 배우." 아니면, "난 고1 때 알았는데 어떻게 엄마가 처음부터 알아?"라고 대들어볼까?

커트를 하기 위해 온 엄마는 내게 파마 손님이 예약되어 있는 바람에 한참을 기다려야 했다. 원장은 엄마에게 커트는 방 실장이 전문이라며 그쪽으로 은근히 유도했지만, 엄마는 나를 가리키면서 반드시 저 선생님에게 커트를 받겠다며 사양했다.

사람들 앞에서 나를 선생님이라 칭하는 엄마를 보면서 오늘은 가족 관계 소개를 생략해야 했다. 뭐지? 애인을 애인이라 부르지도 못하고 엄마를 엄마라고 소개하지 못하는 이 서글픈 현실은?

원장은 미안해하면서 파마 손님에게만 주어지는 서비스를 엄마에게 제공했다. 덕분에 엄마는 아침부터 과자와 함께 카푸치노를 마시며 폭신한 소파에서 여성 잡지 여러 권을 독파하는 호사를 누렸다. 그러면서 간간이 내가 일하는 모습을 엿보았는데, 첫 손님을 치른 뒤라 보다 여유로운 모습을 연출할 수 있었다.

장담컨대 아빠도 하늘에서 내 모습을 지켜보았을 거라 생각한다. 떨거나 겁내지 않고, 두려워하지도 않으며 담담하게 데뷔전을 치러내는 내 모습을. 아마 이렇게 말하지 않았을까?

"장하다! 우리 딸, 멋진데? 킷!"

드디어 엄마 차례였다. 엄마는 내게 만족스러운 커트를 받고 나서 보조 미용사의 안내로 샴푸실로 갔다. 보조 미용사는 엄마의 머리를 정성껏 샴푸한 뒤 "수고하셨습니다"라고 말했다.

엄마도 뒤이어 보조 미용사에게 "수고하셨습니다"라고 말했다. 둘은 보조개 미소와 영화배우 미소를 사이좋게 주고받았고, 인과관계의 자연스러운 법칙에 의해 둘 사이에는 훈훈한 기운이 감돌았다.

오전 손님맞이를 성공적으로 끝내고 보조 미용사와 휴게실에서 티타임을 갖는 순간, 남자 중학생이 들어섰다. 물론 학생의 엄마는 보이지 않았다. 원장과 했던 약속을 지키려고 혼자 온 것이다. 아니나 다를까, 원장은 짧은 말로 중학생을 맞았다.

"왔어? 아들?"

중학생은 실장에게 앞머리를 눈썹 아래로 내려오게 잘라 달라고 당당하게 요구했다. 앞머리를 길러 다음번엔 가르마 펌을 하겠다고. 실장은 씨익 웃으며 가위를 집어 들고 중학생의 머리를 자르기 시작했다.

나는 찻잔을 내려놓으며 잠시 가위 소리에 귀를 기울였다. 보조 미용사도 나를 따라 찻잔을 내려놓고는 주의를 기울였다.

"잘 들어봐. 무슨 소리 같아?"

"참 듣기 좋아요. 이 소리. 사각사각."

보조 미용사가 단번에 답하고 나서 손가락으로 자신의 머리를 자르는 시늉을 해 보였다.

"뭐야, 너무 싱겁게 알아맞혔잖아. 그래도 나이스 캐치."

우리는 하이파이브를 했다. 전에도 언급했듯 귀를 기울여야 들을 수 있는 소리를 알아맞히는 사람은 마음의 소리에 귀를 기울일 줄 아는 사람이다. 뜻밖에 마음이 맞는 파트너를 만난 기쁨으로 인해 미소가 절로 지어졌다. 내 마음을 읽은 듯 보조 미용사도 보조개를 드러내며 싱그럽게 웃었다. 이 표현이 유치하다고? 나처럼 삼십 대가 돼보길.

퇴근 시간이 다가오자 원장이 내게 다가왔다. 보조 미용사
는 바닥에 떨어진 손님의 머리카락을 비질 중이었고, 나는
뒷정리를 하며 쓱싹쓱싹하는 소리를 흥겹게 청취 중이었다.

원장이 미소를 지으며 물었다.

"마르다야, 회식 장소에 먼저 가 있을 거지?"

"당연하죠."

회식 날만 되면 원장은 나를 마르다라고 부르는데, 셀프
식당에 미리 가서 자리도 잡고 세팅도 해놓으라는 뜻에서 그
러는 것이다. 정식 미용사 데뷔전을 치른 오늘이라고 해서
예외는 아니다.

나는 전처럼 회식 장소에 미리 달려가 물병에서 물잔까지,
채소에서 쌈장까지, 부록으로 소주잔까지(난 부록을 좋아한다
고) 모두 세팅해놓고 가장자리에 앉아 직원들을 기다렸다.

회식 시간이 되자 직원들이 차례로 들어왔다. 원장, 실장,
보조 미용사 외에 낯익은 얼굴이 하나 더 있었는데 여고생이
었다. 여고생은 내 데뷔를 축하해주기 위해 왔다면서 샴페인
을 내밀었다. 이런 걸 다 사 오다니. 오늘도 학원 빼먹고 나왔
구나. 이런 기특한 날라리를 봤나.

실장도 주문해온 케이크를 내밀며 말했다.

"배 아프지만 축하해. 아니, 축하는 해주겠지만 배가 아프네."

원장이 샴페인을 터뜨렸다. 우리 모두가 환호하는 순간 식당 주인이 달려와 여기서 샴페인을 마시려면 만 원을 더 내라고 말해서 뚜껑을 도로 막아야 했다. 만 원은 내가 내겠다고 했는데도 원장이 극구 막으며 이렇게 외쳤기 때문이다.

"소주나 대 병 줘!"

원장의 말이 떨어지기가 무섭게 나는 냉장고로 달려가 셀프로 소주 세 병을 들고 왔다(아무래도 다섯 병은 무리라). 그리고 여고생이 화장실에 간 틈을 타 원장에게 단도직입적으로 물었다. 그동안 몹시도 궁금했으나 눈치 없다 그럴까 봐 묻지 못했던 질문.

"원장님, 저 학생이랑 무슨 사이예요?"

"음."

원장이 잠시 사이를 두곤 답했다.

"우리 사귀어."

화들짝 놀라 들고 있던 소주병을 테이블 위로 떨어뜨리는 순간 원장이 잽싸게 받으며 덧붙였다.

"농담이야. 뭘 그리 놀라?"

원장은 테이블에 소주병을 무사히 올려놓고 나서 화장실에 가기 위해 자리에서 일어섰다.

아니, 나는…… 내 성적 지향성이랑 같아서 놀란 것뿐인데. 나이 차는 둘째치고. 근데 농담이라니 실망이에요. 응원해주려고 했는데.

실장이 대신 답했다.

"원장님이 대모셔."

"네? 저 학생 엄마는요?"

"산후우울증으로 자살했대. 엄마가 자기 때문에 죽었다고 생각할 때마다 우울증이 도지나 봐."

그랬구나……. 그런 사연이 있을 줄은 몰랐는데. 딸이 맞긴 맞았네.

"둘은 어떻게 만났대요?"

"한강에서. 전에 학생이 한강 다리에서 뛰어내리려는 걸 원장님이 막았대. 평생 공짜 파마 해주겠다고 꼬셨단다. 원장님이 가끔 학교는 뛰쳐나와도 아예 뛰쳐나오진 말라고 단단히 약속해달라 그랬대."

"원장님은 한강에 왜 가셨는데요?"

"그야 원장님도 뛰어들려고 갔겠지."

"네? 원장님은 뭐 때문에 그러셨대요?"

갑자기 실장이 눈꼬리를 확 치켜떴다.

"우리 씨!"

"넵!"

"원래 그렇게 남의 일에 관심이 많아?"

"솔직히 원장님이 남은 아니지."

"직접 물어봐. 고기 좀 먹자."

실장이 내 말을 끊어버리는 바람에 내가 원장처럼 말이 짧은 줄 알까 봐 마저 답했다.

"……않나요?"

나는 화장실에 가려고 일어섰다. 그런데 입구에서 원장과 여고생을 발견하자마자 돌아섰다. 둘이 큰 소리로 싸우고 있는 모습이 보였기 때문이다.

"너 한 번만 더 한강 다리에서 어슬렁거리다 순찰대 전화 오게 만들면 내가 먼저 뛰어내린다. 알았어?!"

"오늘이 기일이잖아! 엄마가 거기서 가셨는데, 나도 가볼 순 있는 거잖아?"

"가지 말라 그랬잖아. 당분간은."

"왜? 내가 거기 가는 게 그렇게 겁나?"

"그래! 거기서 아주 그냥…… 영원히 갈까 봐 그런다!"

이 대목에서 여고생이 울기 시작했다.

"흑."

원장도 눈물이 터졌다.

"흐흑."

"그럼 어쩌라구……. 기일에도 못 가게 하면 나더러 어쩌
란 말이야……. 흐흐흑."

"그만 울어. 직원들 기다릴라. 어서 들어가자. 응?"

원장이 여고생의 어깨에 손을 얹었다.

"아니다. 어디 가서 마저 울고 가자. 그럼 좀 나아질 거야."

나는 숨죽인 상태에서 그대로 뒷걸음질 쳤다. 그리고 안으
로 도로 들어왔다.

잠시 후 원장과 여고생이 똑같이 금붕어 눈을 하고선 자리
로 돌아왔다. 둘은 나란히 앉아 금세 모녀의 풍경을 연출하
기 시작했다.

"너 오늘 화장이 너무 진한 거 아니니?"

"요새 애들 다 이러고 다녀. 나만 그런 거 아니거든."

"진한 건 맞잖아. 립스틱 색깔이 너무 빨개."

여고생이 푸하하 웃었다.

"립스틱? 아줌마, 좀 제대로 알고 말씀하세요. 이건 립스틱 아니거든요, 립밤이지."

"그, 그래. 립밤."

"나 다음에 와서 눈썹펌 할래."

"안 돼! 그건 대학 가면 해."

여고생이 원장을 째려보았다.

"아줌마! 미용실 원장 맞아?"

"이게 어디서 자꾸 아줌마래! 엄마한테."

"할머니가 어디서 엄마래! 눈가에 주름 보니까 할머니 다 됐네."

"요걸 그냥."

대모님, 모전여전이시네요. 따님도 말씀이 짧은 걸 보니. 그런데 좀 전에 울고불고 소리 지르며 싸우던 사람들 맞아?

이 와중에도 실장은 묵묵히 자기 갈 길을 가고 있었다. 즉 상추에 깻잎까지 얹어 고기를 올린 뒤 줄기차게 먹고 있었다. 실장은 그간 둘의 싸움을 지겹도록 봐온 듯 해탈의 경지에 이른 자만이 지을 수 있는 표정으로 오롯이 먹는 일에만 집중했다.

실장을 빤히 보며 물었다.

"실장님은 겉과 속이 참 다르시네요."

"뭐?"

"미용실 안에서 볼 때랑 밖에서 볼 때랑 너무 달라요."

"우리 씨도 이제 실장 명함 달았다고 막 기어오르네? 어떻게 달라 보이는데?"

"안에서 볼 땐 프로, 밖에서 볼 땐……."

"밖에서 볼 땐?"

"먹보."

"야! 피우리!"

나는 빈 채소 그릇을 들고 일어섰다. 먹보를 위해.

미용실에서의 성공적인 데뷔전에 이어 직원들과 식당에서 샴페인도 못 마신 눈물의 1차 회식을 마치고 2차까지 갔다가 카페 울프로 달려가 임시인 언니와 3차를 하고(언니는 2차로 알고 있지만), 집에 와서 엄마와 결국 4차를 했다.

피곤해서 오자마자 방으로 들어가 드러눕고 싶었지만, 열두 시가 넘은 시간까지 나랑 한잔하겠다고 목이 빠져라 기다리고 있던 엄마를 외면할 순 없었다(2차와 4차는 언니에게 비밀이다. 오늘만큼은 하루의 시작과 끝을 자기랑 함께해야 한다고 주장했으니까).

나는 마음과는 달리 몸의 명령을 받들어 엄마와 건배를 하자마자 뻗어버렸다. 엄마는 나의 데뷔전을 핑계로 혼자서 한껏 기분을 내며 밤을 새웠다.

가위 들고 달리기

참, 어제 오후에 미용실로 편지 한 통이 배달되었다. 겉봉엔 '피우리 미용실 피우리 님 앞'이라 쓰여 있었는데, 뜯어보지도 못했다. 정식 미용사 데뷔전을 치르느라 정신이 없었던 데다 온종일 몰려드는 손님으로 인해 짬을 낼 수 없었기 때문이다. 회식 후엔 일부러 읽지 않았다. 누군가의 정성스러운 손편지를 취한 상태에서 읽고 싶진 않아서였다.

이튿날, 모두가 퇴근한 미용실에서 말짱한 정신으로 편지를 뜯어보았다. 파주의 군부대에서 부친 편지라면 누가 보냈는지 짐작하려나?

피우리 씨에게

194

우리 씨, 안녕하세요. 우리 씨와 헤어지고 핸드폰 번호도, 이메일 주소도 묻지 않은 걸 후회했어요. 그래서 미용실 주소를 인터넷에서 검색했습니다. 그날 미처 못했던 말이 있었거든요.

나의 초중고 시절은 대체로 우울했습니다. 순전히 헤어스타일 때문이었어요. 한푼이라도 아껴 학원비에 보태겠다고 엄마가 머리를 직접 잘라주셨거든요. 덕분에 날마다 촌스러운 머리로 등교해야만 했습니다. 애들이 자주 놀려댔죠.

대학 입학식 날도 마찬가지였어요. 그날 내게 가위를 들고 다가오는 엄마에게 선언했습니다. 이제 내 머리는 그만 잘라달라고. 그동안 엄마 때문에 힘들었다고 하니까 오히려 엄마가 나 때문에 힘들었다고 하더군요. 너무 화가 나서 누가 잘라달라고 했냐 대들고 싸웠는데 그게 마지막이 될 줄은.

아, 오해는 마세요. 엄마가 내 머리를 잘라주는 걸 그날로 졸업했단 뜻이에요.

그날 이후 나는 미용실을 전전했습니다. 커트 솜씨가

내 맘에 꼭 드는 디자이너를 만나는 일은 생각보다 쉽지 않더라고요.

공원에 벚꽃이 흐드러지던 날이었어요. 피우리 미용실 앞을 지나가다 우리 씨를 발견했습니다. 빗자루로 미용실 바닥의 머리칼을 쓸고 있었는데 손에서 리듬감이 느껴졌어요. 입으로는 노래를 흥얼거리며. 나까지 아주 경쾌해지더군요.

그날 우리 씨에게 반해버리고 말았습니다. 자기 일을 좋아서 하는 사람에게선 광채가 난다는 걸 아시나요? 아름다움은 덤으로 따라온다는 것을? 그 자리에서 결심했습니다. 앞으로 저 미용사에게 머리를 잘라야겠다!

이후 저의 미용실 출입은 잦아졌습니다. 그러나 우리 씨가 인턴일 줄은. 실장님은 눈치채셨을 거예요. 내 시선이 언제나 우리 씨를 향해 있다는 걸.

나는 우리 씨에게 커트를 받는 대신 샴푸를 받는 거로 만족해야 했지만, 말 그대로 우리 씨의 샴푸 솜씨는 정말 예술이었습니다. 샴푸 후의 두피 마사지 솜씨도요. 제 할아버지도 이 사실을 저보다 먼저 알고 가셨잖아요?

그러나 정작 우리 씨가 내게 말을 붙인 날은 너무 떨려서 대답도 제대로 못 하고 말았지만요. 그날 집에 와서야 알게 되었지요. 《휴먼 스테인》을 지하철에 두고 내렸다는 걸.

　내게 희망고문 안 하려고 그 자리에서 용기 있게 성 정체성을 고백해주셔서 감사합니다.

　세상에서 가장 좋은 냄새는 미용실 샴푸 냄새란 걸 일깨워준 우리 씨에게, 세상에서 가장 부드러운 손길은 헤어디자이너의 손길이란 걸 알게 해준 우리 씨에게 진심으로 감사드립니다.

　사람들의 머리를 만질 때마다 우리 씨의 손끝에서 아름다움이 마법처럼 피어나기를…….

　충성!

　　　　　　　　파주 군부대에서 이병 이필립 드림

　추신. 입대하기 전에 머리를 다시 손볼 필요는 없었습니다. 우리 씨의 커트 솜씨는 그만큼 완벽했으니까요.

나는 편지를 무릎 위에 조용히 내려놓았다. 그리고 오른손을 머리에 가져다 대곤 "이필립 이병, 수고하셨습니다. 충성!" 하고 말했다. 그가 당장이라도 미용실 문을 열고 들어올 것만 같아서.

만일 내일 지구의 종말이 온다면 당신은 무엇을 할 것인가? 누구와 함께 있을 것인가?

내일 지구의 종말이 온다면 나는 주저 없이 미용실을 향해 달려갈 것이다. 사랑하는 이들의 머리를 잘라주기 위해 가위를 들고 달릴 것이다. 제일 먼저 도착해서 미용실 문을 활짝 열고 당신을 기다릴 것이다. 그리고 당신과 끝까지 함께 있을 것이다.

연무 속 햇빛 비침

출근길이었다. 엄마가 안방에서 자고 있었다. 나는 밤새 혼자서 기분을 낸 엄마가 깰까 봐 발꿈치를 들고 조심조심 현관을 향했다. 밤사이 엄마가 끓여놓은 콩나물국으로 조용히 속을 달랜 뒤였다. 아침에 일어나지 못할 걸 대비해 지난밤 엄마가 미리 끓여놓은 것이다.

신발장을 열고 슬그머니 운동화를 꺼내 신으려는데 가방 속 핸드폰에서 문자 수신음이 울렸다. 나는 핸드폰을 꺼내 문자를 확인했다.

—오늘 날씨. 연무 속 햇빛 비침. 양산 준비할 것.

엄마가 보낸 문자였다. 어? 자는 줄 알았는데. 나는 슬며시 웃으며 양산을 챙겨 들고 현관을 나섰다.

점심시간엔 나의 파트너 보조 미용사와 함께 해장국집에 갔다. 식사를 마치고 나오면서 나의 파트너가 '세상에서 두 번째로 맛있는 해장국집'이란 간판을 보며 식당 주인장에게 물었다.

"그럼 세상에서 첫 번째로 맛있는 해장국집은 어디에 있어요?"

식당 주인장이 나의 파트너에게 여태 그것도 모르고 있었냐는 표정으로 구박하듯 내뱉었다.

"집에 있지. 엄마잖여. 엄마가 끓여주는 해장국이 세상에서 젤로 맛난 거여."

나의 파트너는 이해가 간다는 듯 아아, 하며 고개를 끄덕였다. 아니, 그걸 이제 알았단 말이야?

우리는 나란히 해장국집을 나섰다. 밖으로 나와 올려다본 하늘은 연무 속에서 햇빛이 비치고 있었다. 나는 양산을 쫙 펼쳐 들었다. 전방에 피우리 미용실이 보였다. 우리는 피우리 미용실을 향해 발걸음을 옮기기 시작했다.

버지니아 울프는 말했다. "나는 가끔 생각한다. 마음 놓고 책을 읽을 수 있는 장소가 바로 천국"이라고. 나는 이렇게 생각한다. "무심코 머리를 자르러 갔다가 마음껏 행복해져서 나올 수 있는 장소가 바로 천국"이라고.

피우리 미용실엔 미용가위와 미용 가운, 샴푸와 염색약, 헤어드라이어와 눈썹칼, 빗자루가 있다. 도스토옙스키와 필립 로스, 톨스토이 그리고 왕년의 미스코리아가 있다. 걸핏하면 학원을 빼먹고 달려오는 여고생, 엄마 없이 혼자 어엿하게 드나드는 중학생, 필립 로스를 원서로 읽던 필립이란 이름의 군인이 있다. 핑거 앵글 아트를 마술처럼 펼치는 미용사, 보조개가 예쁜 보조 미용사, 그리고 피우리 미용사가 있다.

우리는 사이좋게 미용실에 도착했다. 문을 열자 천국이 열렸다.

· 작가의 말 ·

가장 먼저,

폭스코너의 윤혜준 대표님과 구본근 편집장님께 감사를 드린다.

늘 그래왔듯 든든한 두 분의 애정과 조언 덕분에 책이 더 단단해졌다.

어느 날 피우리는 우연인 척 시침을 뚝 떼면서 내게 다가 왔다.

하지만 나는 이것이 필연이란 걸 알고 있었다. 그녀를 쓸 수밖에 없으리란 걸.

《피우리 미용실》을 쓰는 동안 내가 울고 웃었다면 그것은 순전히 우연일 것이다.

《피우리 미용실》을 읽으면서 당신이 울고 웃는다면 그것을 온전히 필연이라 말해도 될까.

우리는 만나야 할 운명이라는 것을?

나에게,

다음 생이 있다면 다음 생에도 소설을 쓸 것이다.

다음 생이 없다면 이번 생에는 소설만 쓸 것이다.

그리고 오늘은《피우리 미용실》을 찾아온 당신과 함께할 것이다.

《피우리 미용실》의 문은 언제나 활짝 열려 있다.

나는 오늘도 설레는 마음으로 당신을 기다린다.

2023년 여름 피우리 미용실에서

박성경

피우리 미용실

ⓒ박성경, 2023

1판 1쇄 2023년 7월 7일 | 1판 2쇄 2023년 10월 31일

지은이 박성경
펴낸이 윤혜준 | 편집장 구본근 | 디자인 권성희

펴낸곳 도서출판 폭스코너 | 출판등록 제2018-000115호(2015년 3월 11일)
주소 서울특별시 마포구 대흥로6길 23 3층 (우 04162)
전화 02-3291-3397 | 팩스 02-3291-3338
이메일 foxcorner15@naver.com
페이스북 | foxcorner15
인스타그램 | foxcorner15

종이 일문지업(주) | 인쇄·제본 수이북스

ISBN 979-11-93034-04-0 03810